ハヤカワ
時代ミステリ文庫
〈JA1507〉

江戸留守居役　浦会
火盗対浦会

伍代圭佑

早川書房
8748

目次

江戸留守居役　浦会　火盗対浦会

登場人物

高瀬桜之助……………………………駿河国田中藩　江戸留守居役
長谷川平蔵……………………………火付盗賊改
奈菜……………………………………桜之助の妻
高瀬甚兵衛……………………………奈菜の祖父
竹治郎…………………………………桜之助の息子
数………………………………………桜之助の幼なじみ
本多伯耆守……………………………駿河国田中藩主
栄松……………………………………本多家の若君
村松獅子右衛門………………………栄松の御守役
永井左馬之介…………………………数の叔父
藪谷帯刀………………………………駿河国田中藩　江戸家老
生駒監物………………………………駿河国田中藩　国家老
服部内記………………………………桑名藩　江戸留守居役
松山主水………………………………旗本の大身
後藤頼母………………………………仙台藩　江戸留守居役
浜島新左衛門…………………………久我家公家侍
沢松伊織………………………………松江藩　江戸留守居役
鉄仙和尚………………………………桜之助が江戸で出会った僧
不乱坊…………………………………鉄仙和尚の付き人
田沼意次………………………………失脚した元老中
松平越中守定信………………………幕府の老中筆頭
工藤直太夫……………………………出羽本荘藩　江戸留守居役
三津田兵衛……………………………桜之助の盟友

日本橋本白銀町《にほんばしほんしろがねちょう》、鼈甲《べっこう》をあきなう吉田屋の離れ座敷。

死骸の前でかがみ込んでいる小太りの男に、背後から若い同心が声をかけた。

「お頭《かしら》……吉田屋の主人や内儀、奉公人や下女、飯炊きに至るまで調べましたが怪しい者はおりませんで。どうでも外から忍びこんだ賊のしわざに違いございませぬ」

お頭、と呼ばれた小太りの男は「うんとせッ」と声をあげながら立ちあがると腰を何度もさすった。

「四十五歳《しじゅうご》ともなると、どうも身体のあちこちがきしんでいけねえ……」

離れの死骸は吉田屋の隠居。床の間の違い棚に置かれていた手文庫が開けられ、中に入っていたものがあたりに散らばっている。

「物盗りのしわざにございましょうか」

問いかける同心には答えず、小太りの男は違い棚に目をやる。

若い同心は不満らしく鼻を鳴らした。

「いくら町方の手が回らぬとはいえ、ただの物盗りに我らまで出張《でば》らねばならぬとは……」

「まあ、そう吠えるな、って」

小太りの男は若い同心をなだめるような口調で続けた。

「ほれ……見なヨ……」

目で違い棚を示す。

「こ……これは……似せ絵……」

「そうよ……このところ江戸の町でたいそう評判というじゃねえか。描かれた者は、なぜかすぐに死んじまうという似せ絵サ」

似せ絵は突然に届けられるという。

一枚の紙に顔だけが大きく墨で描かれた似せ絵、大首絵だ。

奇妙にも、似せ絵に描かれた者は二十日も経たぬうちに命を失うという。

若い同心はいまいましそうにつぶやく。

「すこし以前《まえ》には、子供の疱瘡《ほうそう》除《よ》けの妙なまじないが流行《はや》りましたが、次には似せ絵……」

小太りの男は違い棚に載っていた絵を手にとった。

「へっ、爺さんの顎《あご》の黒子《ほくろ》をこんなにでかく描いてやがる……またこれで噂

ている。

死骸のちょうど枕元にあたるところには、一文銭が二枚ずつ三列に並べられの種がひとつ増えたって寸法かぁ」

　小太りの男は、死骸の上方、頭の上あたりを顎で示した。

「見ねえ……一文銭が六枚……六文銭だ」

「冥土への渡し賃、でございましょうか」

　死骸のちょうど枕元にあたるところには、一文銭が二枚ずつ三列に並べられている。

「舐めた真似をしやがる……大首の似せ絵に六文、六連銭……」

　あたりを調べていた与力や同心たちが小太りの男を囲む。

「お頭《かしら》」

「長谷川さま」

　小太りの男は吐き捨てるように呟いた。

「こいつァ町方にはチと荷だろうて……どうでもこちとら……火付盗賊改《ひつけとうぞくあらため》、火盗《かとう》の出番、サ……」

第一章　出立《しゅったつ》

一

寛政元年（一七八九年）、冬。

駿河国田中《するがのくにたなか》（静岡県藤枝市）。

高瀬桜之助《たかせさくらのすけ》は久方ぶりに国元に帰参していた。

桜之助は元はといえば旗本の家の三男坊。

二十八歳の今日までのうち、二十年近くは江戸の風を吸ってきた。

田中の国主《こくしゅ》、本多家家臣の高瀬家に婿入りしたが、すぐに江戸留守居役を拝命したために、相変わらずの江戸住まいが続いている。

婿入り以来、あわせても一年に満たぬ間しか腰をすえてはいないが、田中は桜之助には懐かしい故地になっている。

久方ぶりの帰参で登城した桜之助は家中の若侍たちに請われ、城内の道場で剣術の相手をしてきた。

稽古のあと、車座になって土地の銘酒の『初亀《はつかめ》』を、という誘いを断って早々に帰宅した。

桜之助は酒にはめっぽう弱い。

一方、田中の若侍は酒豪揃いだ。

桜之助には剣術ではさんざんに打ち負かされたので、酒でかたきをとろうという魂胆だ。

江戸での勤めでは気の抜けぬ場ばかりの毎日だ。

純朴で他意のない田中の若侍たちから、「高瀬殿は、存外、酒が弱うござるの」などとからかわれながらの宴《うたげ》はむしろ楽しいくらいだが、江戸へ戻らねばならぬ日も近い。

「さすがに勘弁してくれい」という心もちだった。

温暖で知られる駿河の地だが、冬ともなると思いのほか寒い。

美濃や信濃のあたりから続く峻厳な山々が、ようやく田中のあたりでなだらかな里山となり海に落ちていく。

山おろしの冷たい風が、屋敷に帰る桜之助の首元に容赦なく吹きつけた。

「この分では、風花《かざはな》が舞うやも知れぬ……」

田中では、冷え込みがきつくなると雪に似てふわふわとした白い風花が舞う。婿入りして初めて風花に吹きつけられた桜之助は、「駿河にも雪が降るのか」と驚いたが、雪のように冷たくはない。

手に触れるや、あっという間にはかなく溶けて消えてしまうところが桜之助には面白かった。

「おかえりなさいませ」

妻の奈菜《なな》が桜之助を迎える。

桜之助より五つ下の妻だ。

ふっくらとした頬が小娘のように愛らしく、とても一児の母親には見えぬ。

それでも片方の袖で桜之助の腰のものを受けとる仕草は、いかにも武家の御新造《ごしんぞう》然としていた。

「お寒うございましょう。ちょうどお風呂のしたくもできております」

「そうか。それはありがたい」

「爺さまはさきほどから『婿殿はまだ戻らぬか、まだ戻らぬか』とうるそうしております」

「はっはっは……酒を召し上がるのであれば遠慮のう、先に始められればよいのに」

「旦那さまと一献、が楽しみなのでございますよ。付きあってやってくださいませ」

桜之助は江戸で実家の旗本、兄の谷民部の屋敷に部屋住みでいたところを、奈菜の祖父の甚兵衛《じんべえ》に懇願されて高瀬家に婿入りした。

奈菜の父母は早くに亡くなっている。

桜之助を婿に取った甚兵衛は田中のあちこちで、「奈菜には三国一の婿を取った。これで亡き息子夫婦にも大威張りで冥土で対面できるわ」と吹聴して回ったという。

湯殿の明取《あかりとり》から、軒《のき》の向こうに枯れ枝が見える。

桜之助は冷えた身体を湯船で温めながら、枯れ枝に一枚だけ残った木の葉が風に細かく揺れるさまを眺めた。

湯からあがった桜之助を、爺さまが待ちかまえていた。

「さ、さ……婿殿、参ろうぞ」

上座には桜之助と、数えで六つになる一子、竹治郎が並ぶ。

竹治郎は平素は母の奈菜が付き添って食事をさせていたが、桜之助が田中に戻ってからは「高瀬家の跡取りじゃ」という爺さまの指図で桜之助と並んで食膳についている。

もっとも、まだ六つの子供ゆえ、奈菜がかたわらについて世話をやいている。

桜之助の右手から爺さまが提《さ》げ弦《つる》のついた銚子《ちょうし》を差しだす。

桜之助は爺さまの酌を受けた。

桜之助はかたわらでじっと食膳をにらんでいる竹治郎に声をかけた。

「竹治郎も空腹であろう。食《しょく》するがよいぞ」

「はい」

桜之助の声に、竹治郎はようやく両手で汁椀を手にとった。

(まこと爺さまの躾《しつけ》が行きとどいておる……みどもの子供時分より、ずっとしっかりしておるわ……)

桜之助も平素なら「腹が減っただろう」とでもいうところだが、爺さまや竹治郎の前ではついしかつめらしく「空腹であろう」などという言葉遣いになってしまう。

竹治郎は目の前の食膳をにらみつけたまま、ただ黙々と箸と口を動かしている。

奈菜が手助けをしようとすると、「いやぁ」となり、かぶりを振る。

子供ながら、どうでも一人前に、ひとりで食事をすませようという強い意志があるようだ。

(これもまた偉いものじゃ。みどもとは違うわ……)

桜之助は爺さまの酒の相手をしながら、横目で竹治郎の様子をうかがって飽きない。

桜之助は、竹治郎が生まれてからもずっと江戸暮らしを続けている。

母の奈菜と爺さまだけしか知らぬ竹治郎にとって、桜之助は突如現れた見知らぬ大人でしかないのだろう。

役目柄、桜之助は江戸からは離れられぬ。田中への帰参は許されない建前だ。

二年前、竹治郎が四つになった天明七年（一七八七年）、一橋家《ひとつばしけ》から家斉《いえなり》公が徳川第一一代将軍となられた年、江戸では米屋や質屋、酒屋が市中のものに襲われる打ち壊しが起こった。

打ち壊しはまたたく間に各地に飛び火する。

五月二六日には駿府（静岡市）でも、そして六月十三日には田中の膝元の東海道藤枝宿でも打ち壊しが起こった。

本多家江戸屋敷では事態を把握するために、何人かの江戸詰めのものを国元に派遣する次第となったが、なかに桜之助も加えられた。

竹治郎が生まれてから初の体面だ。

奈菜は竹治郎に、「ほれ竹治郎、お父上ですよ」と挨拶をするようしむけるが、竹治郎は奈菜の背に隠れて顔を出そうとはしない。

爺さまがおもしろそうに、「あっはっは……見知らぬおじがいきなり家に来たゆえ、驚いて声も出ぬか」と笑う。

笑われて竹治郎はいっそう意固地になったかのように母親の背中から離れない。

桜之助の我が子との体面はさんざんなありさまになった。

桜之助は日中は藤枝宿を見回り、また登城して国元の役人たちから話を聞きとる。

帰宅するとすぐに江戸表へ報告の書状をしたためる毎日だ。

日が暮れ、夕餉《ゆうげ》の時分になると、桜之助が占めている座敷を誰かがうかがう気配がする。

振りかえると襖《ふすま》に身体を隠して竹治郎がじっと目をむけている。

「竹治郎か……いかがいたした」

桜之助は筆をおき、竹治郎を手招きする。

「父がよいものをやろう……さ、遠慮せずとも参れ」

竹治郎は襖の陰から動かない。

桜之助は文机《ふづくえ》の上に置いた印籠《いんろう》から、四方八方に角《つの》が出た小粒の菓子を取りだした。

「長崎わたりのこんぺいとうじゃ……食すると頰が落ちるぞ……」

桜之助が水を向けても竹治郎は動かない。

目を見開いて、桜之助が掌に載せたこんぺいとうを見つめていたが、襖の向こうでく、るりと背を返すと駆けだしていってしまった。

勝手のあたりから奈菜の声がする。

「夕餉のしたくができました、と父上を呼んでくるよう言うたに……」とあきれた声だ。

桜之助は、「やれやれ……食べ物に釣られぬところは、みどもと違いみどころはある……か……」と苦笑するよりほかはなかった。

それから夕餉の時分近くになると竹治郎は桜之助の座敷に姿を現す。

桜之助が振り向くと竹治郎はすぐに背を返して逃げていく。

何度か繰りかえされたあと。

竹治郎の気配に、桜之助は素知らぬ顔で書状をしたため続けた。

普段と異なる桜之助の様子に、竹治郎が襖の陰から一歩、二歩と足を踏みだす気配がする。

桜之助はまだ書状に顔をむけたままだ。

なにをしているのだろう……と竹治郎が桜之助の肩越しに文机をのぞき込む。

桜之助はくるりと体《たい》をひねり、竹治郎をつかまえた。

竹治郎の柔らかい腹の感触が桜之助の腕に伝わる。

桜之助は竹治郎をつかまえ、膝にのせた。

「それ、捉《とら》えたぞ、竹治郎」

桜之助の早業に、竹治郎はただ驚いて目を一杯に見開いているだけで泣きもしない。

竹治郎の肌から立ちのぼる、子供らしいよい香りが桜之助の鼻腔《びこう》に流れてくる。

桜之助は片手で開けた印籠からこんぺいとうをひと粒取りだし、竹治郎の口に放りこんだ。

桜之助もことさら大きな口を開け、竹治郎と同じくこんぺいとうを食した。

竹治郎はこんぺいとうを口中でしばらく舐め回し、最後にガリッという音をたてて噛《か》み砕く。

竹治郎の相貌《そうぼう》がにいっと崩れた。

「うまかろう……じゃが母上には内緒じゃぞ」

桜之助の言葉に、竹治郎はふたたびにいっと笑った。

桜之助は奈菜から竹治郎についての嬉しい話も聞いていた。

竹治郎は田中の若侍たちから「そなたの父上、高瀬桜之助殿は家中切っての剣術の達人じゃぞ」と聞かされたらしい。

話を聞いてからというもの竹治郎は、藪で拾ってきた竹の棒などを剣術の稽古よろしく振り回して遊んでいるそうだ。

我流の剣術の稽古を奈菜など大人に見つかると、あわてて棒を背中へ隠し素知らぬ顔をするという。

「もう可笑《おか》しゅうて可笑しゅうてなりませぬ」と奈菜は笑う。

(竹治郎も間もなく江戸に行かねばならぬのか……)と思うと、竹治郎が不憫だ。

(すでに奈菜や爺さまから言い含められておるはずだが……寂しそうな顔ひとつ見せぬわ。健気《けなげ》な……)

さすがに箸は扱いかねるのか、竹治郎は奈菜が渡した木の匙《さじ》を使っている。

桜之助は、黙って飯を食べている竹治郎の横顔を眺めた。

駿河の田舎で母の奈菜や爺さまとのんびりと日を送るほうが竹治郎にとって良いのだろうとは思う。

また桜之助は一笑に付したが、江戸では子供にまつわる奇妙なお告げめいた流言が飛んでもいた。

が、こたびの仕儀は桜之助にはいかんともしがたい。

すでに酔いがまわった様子の爺さまの声がとんだ。

「竹治郎の食べっぷりは胸がすくようじゃろう……子供のころの奈菜と同じく、よい食べっぷりじゃ」

「あら爺さま。奈菜はかように大食《たいしょく》にございましたか」

竹治郎のむこうで奈菜がふくれた顔になる。

桜之助は笑いながら、杯を奈菜に渡した。

「ほれ爺さま、いらぬことを仰《おお》せゆえ奈菜がふくれましたぞ……奈菜、爺さまが詫びに一献《いっこん》くださるそうな。怒らずにお受けするがよい」

「いわれずともいただきます。爺さま、注いでくだされ。奈菜は呑みまする」

桜之助は再び横目で竹治郎をうかがった。

見知らぬ大人の桜之助のかたわらゆえ固くなったままだった竹治郎だが、飯椀を両手でにゅっと奈菜に突きだした。

「母《かあ》さま、お代わり」

二

襖を開けるしゅっという音に桜之助は目をさました。

桜之助の枕元に奈菜が盆を置き、運んできた湯飲みを渡す。

桜之助は起きあがると、大ぶりの湯飲みにたっぷりと入った冷たい水を喉を鳴らして飲み干した。

手燭《てしょく》の灯りであたりが橙《だいだい》色にぼおっと浮かびあがる。

奈菜のふっくらした頬が赤らんでみえるのは、灯りのせいか、爺さまの相手の酒を過ごしたためか、桜之助にはわからぬ。

「竹治郎は……もう存じておるのだな」

奈菜は両手を膝のうえにきちんと置くと、桜之助に目をまっすぐにむけて答えた。

「はい」

奈菜は少し顔を崩して続けた。

「まだはっきりとはわかってはおりますまいが……きのうもふと、私《わたくし》の顔をじっと見まして、『母さまや爺さまは江戸には行かぬのか』と……」

「そうか……」

駿河田中四万石、本多《ほんだ》伯耆守《ほうきのかみ》さまの江戸留守居役を拝命していた桜之助に思いもよらぬ加役が課せられた。

「えッ、ええエ……」

江戸家老の藪谷帯刀《やぶたにたてわき》さまから申し渡しを受けた桜之助は絶句した。

帯刀さまは（大声をあげおって……しょうのない奴だ）という顔つきになって続ける。

「殿の強いご意向じゃ。謹んでお受け致すよう……」

「お受けいたすよう、と仰《おお》せられても、私にはかような大役は、とてもつとまるものではございませぬ……」

帯刀さまは、今度ははっきりと笑った。

「わしも同感じゃ。そなたのような落ち着きのない者に、のう……」と告げる。

続いて帯刀さまは少しあらたまった顔つきになると、桜之助に告げた。

「わしもそのように申したが、殿がお聞きいれにならぬゆえ……ま、観念することじゃな」

「しかし……みどもが若君の御守役《おもりやく》……しかも倅《せがれ》めにも出仕せよとは……御守役と申さば大役。家中のお歴々の中よりしかるべき御仁《ごじん》にお申しつけになってしかるべきかと……」

「さ、そこはわしも少々、案じておったところじゃ」

帯刀さまは真顔になった。

「そなたが江戸留守居役に加え若君の御守役を仰せつかるは、大の抜擢《ばってき》じゃ。家中でいろいろなことを申すものも居るであろうが……そこはわしに任せておけい。そなたは若君のご生母とは幼なじみ。ゆえに殿のご信頼も篤い。若君の御守役はそなたをおいてはおらぬ、という殿のお言葉じゃ。心してお受けせよ」

「はッ」

桜之助はあきらめて帯刀に平伏した。

本多家の若君、栄松君は竹治郎と同じく当年六歳。若君のほうが数ヵ月ほど早くお生まれになっている。

若君の御生母は数《かず》という。

永井《ながい》飛驒守《ひだのかみ》直珍《なおよし》さまの御息女で、桜之助の母と数の母が姉妹同然の中だった縁で、桜之助とは幼いころから兄妹のようにして育った間柄だ。

伯耆守さまと数は仲むつまじい夫婦だったが、離縁を余儀なくされた。

若君を本多家に残し、数は実家の永井家に帰されるという次第になっている。

(数っぺの若君だ。どうでもみどもが守ってみせる)と秘かに心に誓っていた桜之助だったが、まさか正式に御守役を拝命するとは思ってもみなかった。

桜之助は、若君誕生のお祝いを言上したときに、伯耆守さまから直々にかけられた言葉を思い出した。

主君からかけられた言葉を思い出した桜之助は、改めて心に誓った。

「数っぺ、みどもが若君を守り抜いてみせるゆえ、安心するのだぞ……」

「若子《わこ》を頼むぞ、高瀬」

帯刀さまの話は続いた。

「難物は国家老の生駒《いこま》監物《けんもつ》殿じゃ……そなたも知ってのとおり、奥方の御離縁については監物殿もひと役かっておるとの噂。またなにゆえかは存ぜぬが……」と帯刀は言いさして続ける。

「監物殿はそなたを嫌っておる。ところがそなたを若君の御守役に、と相談申したところ……」

帯刀さまは不思議そうな顔をしながらも、口元をほころばせた。

「『高瀬の御守役には国家老としても異存なし。ただ高瀬には江戸留守居役のお役目もあるゆえ、御守役の相役《あいやく》をつけるがよかろう』との返事が国元から参った。なるほど、そなたも江戸では多忙ゆえ、ともに御守役をつとむる相役を、というはよき考えじゃ。そこで監物殿に、相役としてふさわしき人物を、と相談したところ、な……」

帯刀さまは息を詰めた。

こみあげてくる笑いをとどめようとするかのようだ。

謹厳なお人柄で知られる帯刀さまが不意に笑いの衝動に襲われるとは珍しい。

帯刀さまはついに笑いをこらえきれず、桜之助の前で噴き出した。

「いや、これはすまぬ。高瀬、許せ」

まだ収まらぬ笑いを口元に浮かべたまま、帯刀さまは桜之助に告げた。

「御守役の相役には、村松《むらまつ》獅子《しし》右衛門《えもん》がつく次第となった」


桜之助は奈菜に訊ねた。

「村松獅子右衛門という御仁……そなたも爺さまも、名を聞くなり笑い転げておったが、いったいどのような御仁なのだ」

「どのような、と申しましても……」

奈菜は思い出し笑いを始めた。

手燭の灯りで橙色に染まった奈菜の頬が、さらに赤味を増す。

「あははは……苦しゅうございます、旦那さま」

奈菜は片手を横について身体を支えた。

桜之助はさらに奈菜を問い詰める。

「剣術の稽古に来たものたちに訊ねても、皆、そなたや爺さまのように笑い転げるだけじゃ……村松殿は下総相馬《しもうさそうま》の代官をつとめておられるかたと聞くが……」

本多伯耆守さまの領国は駿河の田中だが、ほかに下総相馬の四十二カ村、一万石の飛び地も所領になっている。

桜之助とともに若君の御守役に任ぜられた村松獅子右衛門は飛び地の代官だが、国元の田中では知られた名家の当主という人物だ。

「獅子右衛門、とはたいそう強そうなお名前ではないか。ご立派な御仁ではあるまいか……」

桜之助の言葉に、奈菜はさらに身をよじる。

「強そうでご立派とは……旦那さま……お腹が痛うございます……お許しくださいませ……」

奈菜はひとり笑い転げている。

桜之助は再び横になり布団を被った。

「もうよい。寝る」

「はい」

奈菜の声は今度は落ち着いてる。

さやさやという衣擦《きぬず》れの音に続いて、ふっという息の音が聞こえる。

手燭に息を吹きかけて灯《ひ》を消した奈菜が、桜之助のかたわらに身体を滑りこませた。

三

江戸への出立の日がきた。

高瀬家はまだ暗いうちに起きだし朝餉《あさげ》を済ませた。

竹治郎は前夜からものを言わなくなった。

子供心に、明日が旅立ちだと悟っているものとみえる。

奈菜も涙をこらえている。

竹治郎を立たせて旅装束を着せている。

「ほら竹治郎、そのようにふらついていては帯が締められませぬ。しっかりと立っていなされ」

奈菜は竹治郎に、ことさら強い口調であたる。

竹治郎にも母の気持ちが通じるのか、口を真一文字に結び、堪《こら》えている。

爺さまはもう何日も前から竹治郎にべったり張りついていた。

別れの日を思い描いては泣き、泣いては思い描いているようだ。

羽織袴《はおりはかま》を着《ちゃく》し、背中には道中の荷物を入れた小さな連尺《れんじゃく》を背負った竹治郎の旅姿に、爺さまはまた大泣きをする。

「おお、おお……可愛や竹治郎……婿殿に似て立派な侍ぶりじゃ」

爺さまは竹治郎の両肩を抱き、顔をのぞき込む。

竹治郎はこのところ毎日、爺さまからほとんど舐め回さんばかりにされており、いささか閉口している様子だ。

竹治郎は、大人びた口ぶりで爺様に告げた。

「爺さま、いつも仰せではありませぬか。強い侍は泣くものではない、と。爺さまも強い侍でございましょう」

「お……おおお……竹治郎。爺《じい》も強い侍じゃによって、泣かぬ。泣かぬぞ……おおおお……」

爺さまの涙は止まらぬ。

見かねて桜之助は声をかけた。

「爺さま、なにも今生《こんじょう》の別れというわけではござりますまいに。江戸など目と鼻の先でございますぞ。花の季節になりましたら、江戸見物にお越しになればよい。のう、奈菜……」

言いかけて桜之助は声をとめた。

竹治郎の帯に守りの根付けをはさんでやっている奈菜の頰にも、涙がひと粒ふた粒、伝っている。

奈菜は涙を見られまいとするかのように、手早く袖で頰を押さえる。

桜之助は、旅支度をととのえた竹治郎を前に座らせた。

用意して置いた錦の刀袋から金塗り鞘の小刀《しょうとう》を取りだす。

「竹治郎……この刀をそなたに与える」

竹治郎は奈菜がうなずく様子を確かめてから、ぴょこんと頭をさげて小刀を受けとる。

「以前に父が、さる御仁と取り替えた刀じゃ」

五年以前、桜之助が三津田兵衛《みつたひょうえ》と取り替えた小刀だ。

兵衛は翌日、千代田の城（江戸城）で非業の最期を遂げた。

老中、田沼主殿頭意次《たぬまとのものかみおきつぐ》さま子息、田沼山城守意知《やましろのかみおきとも》さまが三津田兵衛の正体だ。

「その刀の持ち主だった御仁は、の……まっすぐで気持ちがよく……そして強い方であった……」

桜之助は不意にこみあげたきた涙を悟られまいと、顔を天井にむける。

桜之助の前では竹治郎が、不思議そうな顔つきで父を見ている。

「はっは……またいずれそなたにもゆるりと話を致そう」

一家が集まっている狭い座敷の障子も、冬の陽光を受けて白くなってきた。

出立の刻限だ。

桜之助は竹治郎に告げた。

「さ……爺さまや母に出立の挨拶をせよ」

桜之助は、何日も前から奈菜が竹治郎に別れの挨拶の稽古をさせている様子を垣間見《かいまみ》ている。

竹治郎は母から教えられたとおり、爺さまと奈菜に向きなおると、小さな両手をきちんと前にそろえてついた。

「爺さま、母上……行って参ります」

「お……おおおおおお……」

爺さまはもう誰はばかることなく号泣している。

奈菜も言葉がでない。ただ、うんうんと何度もうなずくばかりだ。

竹治郎は挨拶に続けて奈菜に訊ねた。

「母さまは一緒にこられぬのでございますか……」

挨拶の稽古では出なかった言葉に奈菜は不意をつかれたようだった。

「竹治郎……」

奈菜は袖で竹治郎の頬を伝わる涙を拭き、続いて同じ袖を自らの頬にあてる。

「爺さまはほれ、年寄りゆえ、母がみていてやらねばならぬのです……手のかかる爺さまじゃのう……」

奈菜は続ける。

「竹治郎は江戸に行くのじゃ。母はまだ、江戸には行ったことはない。母より先に江戸に行くなどとは、うらやましいのう……竹治郎は果報者じゃ」

奈菜は竹治郎に言いきかせるかのような口調になった。

「竹治郎は江戸で父上とともに、若君をお守りする大切なお役目につくのです。父上の仰せをよく聞いて、学問にもしっかりと励むのですよ」

奈菜は顔をあげて桜之助に目をやった。

「しかし父上は剣術はお強いが、学問は……ほほ……いかがでございましたでしょうか、のう……旦那さま……」

「これ、このようなときに……」

桜之助は慌てた。

「学問は……まあ、いささか不得手《ふえて》であった……」

「ほほほ……いささか、でございますか」

「ふぁふぁふぁふぁふぁ……」

爺さまの、泣きながら笑う声がする。

(まったく、何を言わせるのじゃ……山《やま》の神殿《かみどの》にはあやまるわい)

桜之助と竹治郎の旅立ちは笑いに包まれた。

馬に乗った桜之助は竹治郎を前に抱きかかえ、屋敷を出た。

「良いところだのう、田中は」

馬上の桜之助は声に出した。

前に抱えた竹治郎は、馬の揺れが心地よいのかこっくりこっくりと居眠りを始めている。

桜之助は冬の冷たい風を吸い込みながら、なだらかな田中の里山のうねりを眺めた。

駿河の田中から江戸までは東海道で数日かかる。

途中には箱根の難所もある。六歳の竹治郎には過酷な道中だ。

本多家の所領、益津《ましづ》の城之腰《じょうのこし》や鰯《いわし》ヶ島《しま》(静岡県焼津市)は漁師の村だ。

爺さまの肝煎《きもいり》で、桜之助たちは海上を東に向かうことにした。

城之腰の漁師の長《おさ》は八丁櫓《はっちょうろ》の久次《きゅうじ》という。

漁師の漕ぐ船の櫓の数は六丁と定められているが、このあたりの漁師には八丁の櫓が許されている。

その昔、神君家康公《しんくんいえやすこう》がなにかの戦に敗れた折、益津の漁師が舟にお乗せして逃がし申した功への褒美《ほうび》と言い伝えられている。

八丁櫓は益津の漁師たちの誇りだ。

八丁櫓の久次は三十歳半ば。

筋骨隆々とした身体中をまんべんなく日に焼かせている。

「高瀬の爺さまの頼みだで、お安いご用ずら」

久次の声は、身体と同じくに大きく、あたりをはらう。

「これが爺さまンとこの若さまだかね……はっは、爺さまが自慢してたとおり、ええ男ずら」

周囲の漁師たちが大声で笑う。

大男たちに取り囲まれた竹治郎はいささかひるんだ様子だが、健気にもぐっと堪えて泣きだしたりはしない。

「舟で相模《さがみ》の三崎までお送りするずら……なに、以前《まえ》に三崎ン衆を何人か海で助けてやったことがあるだで話はついている。心配ねえだよ」

相模まで海路となれば、難所の箱根越えもせずに済む。子供連れにはありがたい。

「かたじけない」

礼を述べる桜之助を久次は舟にいざなった。

「潮もいいだで、さっ、出るずら」

ぎいい、という音とともに櫓を軋《きし》ませながら舟は進む。

舟の中に座を占めた桜之助は、竹治郎を脚の間にはさんでいる。

八丁の櫓は、左右均等に四丁ずつというわけではない。

利き腕が右のものが揃っていると櫓を漕ぐ力はどうしても偏《かたよ》り、舟は左に曲がってしまう。

久次は潮目をみながら左右の櫓を案配していく。

「右が二丁、左が六丁」

久次の号令で、八丁櫓の舟は駿河の海を滑るように進んでいく。

舟は早くも有度《うど》（静岡市清水区）の沖に差しかかった。

「神君家康公は、の……このあたりで獲れた小鯛を食して亡くなられたのだ。しかも食した場所は田中の城……知っておったか、竹治郎」

桜之助は神君の死の秘密も知っていた。

神君の死も、また敬愛する三津田兵衛の死も根はひとつだ。

天下を陰から動かしているものたちがいる。

桜之助は六年前、三津田兵衛の横死を機に彼らとは袂《たもと》を分かった。

『浦会《うらかい》』と称する世に知られぬ集まりだ。

桜之助が袂を分かってからでも、『浦会』は細かく動いているはずだ。

例えば昨年には京の伏見奉行だった小堀和泉守《こぼりいずみのかみ》が領地召し上げの処断を受け、天下を驚かせたが、桜之助の目には『浦会』の影がちらついて映る。

いったん『浦会』の存在を知ると、天下の些細な動きのことごとくがつながりをもっているようにみえる。

桜之助が田中に下る前、江戸で子供の疱瘡除《ほうそうよ》け、病除けと称して、空からお札が降ってくるという騒ぎが連日続いていた。

子の無事を願うは親の常だ。

昨日は不忍池《しのばずのいけ》の弁天堂、今日は目黒の不動尊と、江戸じゅうから参詣人が訪れ大騒ぎになった。

本多伯耆守さま江戸屋敷でも、幼い子をもつ親などは一日、お暇をいただいて江戸じゅうをお参りに回っていたりもした。

（空から札が降ってくるなど……あれなども、いかにも浦会が仕掛けそうな話じゃ）

が、さすがに竹治郎には告げられぬ。

桜之助の声を聞いて聞かずか、竹治郎は興奮した顔つきで声を限りに叫んだ。

「あ……ああああ……」

竹治郎の目は大きく見開いている。

竹治郎は指を一本突きだし、桜之助の背後を指した。

「ん……」

身体をよじって振りかえった桜之助も、「おお……」と声にならぬ声をあげた。

真っ青の駿河の海の向こうに、白く雪をいただいた富士。

ぎいぎいと櫓の軋む音に船縁に打ちつける波の音が混じる。

「富士のお山じゃ。竹治郎」

竹治郎は興奮からか、頬を紅潮させている。

両の目も大きく見開いたままだ。

海越しの富士の威容にただただ驚いている竹治郎の顔を眺めてるうちに、桜之助は『浦会』などという陰のものを忘れた。

（さ、江戸でそなたも、多くのものを見聞きするのだぞ）

桜之助は、竹治郎の肩まで伸ばした切り髪を何度も撫でた。

四

桜之助は相模の三浦から馬を雇った。

三浦から藤沢に出て、あとは江戸までゆるりと向かう。

子供連れゆえ無理はしない。江戸までは宿場ごとに泊まっていけばよいくらいの気持ちだ。

竹治郎は子供心に気を張りつめさせているのか、あるいは丈夫なたちなのか、疲れた様子はみせない。桜之助に抱かれた馬上で、きょろきょろとあたりを見回している。

街道筋の茶店の若いおかみに、子供が甘えてじゃれついている。

子供がきゃっきゃと声をあげながら母親の腰のあたりにしがみついている様子を、竹治郎は馬で通りすぎる間じゅう首を回して見続けた。

（お役目とはいえ不憫《ふびん》な……）

桜之助はことさら声を張りあげ、竹治郎に告げた。

「さあ、間もなく江戸に入る……江戸は田中など比べものにならぬほどにぎやかじゃ。竹治郎も腰を抜かすぞ」

街道を行きかう人の姿も増えている。

江戸に入る前日は品川の宿に足をとめた。

桜之助は品川にはお役目で月に何度も足を運ぶ。

江戸留守居役の寄合のためだ。

大名家の江戸留守居役の大きな役目は、公儀《こうぎ》や他家との連絡や折衝だ。

武家ではよろず何につけ、先例がものをいう。

寄合は江戸留守居役同士が集まり、先例を教えあったり、時には公儀へのはたらきかけを行う大事な集まりとされる。

が一方で、江戸留守居役の寄合といえば、御役目であると言いたて公費で飲み食いする場だというところが通り相場だ。

また寄合は、古参が幅をきかせてむやみに威張り散らすところでもある。

古参の江戸留守居役に対しては「ご無理《むり》ご尤《もっと》も」が心得だ。

桜之助は寄合のなかではもはや新参ではないため古参から無理難題を吹きかけられはしなくなったが、それでも御役目で品川の宿場に足を踏みいれると気が重くなる。

品川は海が近く食べ物も旨い。

寄合などではなく、子供をつれてのんびりと休むとなるとなかなかよいところだ。

桜之助は宿に荷を置くと、竹治郎を連れて品川の宿場を歩いた。

品川には名だたる料亭が多いが、桜之助は寄合ですべての料亭に足を運んでいる。

まだ日の高いうちだ。紅灯《こうとう》は点《つ》いてはいないが、料亭の下働きの女や若い衆が店先の掃除を始めている。

「おんや、高瀬の旦那じゃごぜえませんか」

「こんち、御役目じゃございませんのにお珍しい」

少し歩いただけであちこちから声がかかる。

座敷に出る化粧前、湯屋《ゆうや》帰りの芸者が桜之助を見つけて声をかける。

「高瀬の旦那ァ……」

芸者は、桜之助が手を引いている竹治郎の前にかがみ込んだ。

「旦那ンとこの坊ちゃんで……まあ綺麗な若さまだこと……」

芸者は竹治郎の切り髪頭をなでると立ち上がり、「じゃごめんなすって。またお目もじいたします……だ、ん、な……」と声を残して去っていく。

前裾《まえすそ》を片手で捌《さば》き、カラコロと下駄を鳴らして去っていく芸者は、数歩行ったところで立ち止まり、仔細《しさい》ありげに再び桜之助を振り返った。

（参った参った……子供の前で、のう……）

桜之助は頭をかいて先に行こうと足を進めたが、竹治郎が動かない。

「いかがいたした、竹治郎……」

見ると竹治郎は立ちつくしたまま、去っていく芸者の後ろ姿を眺めていた。

芸者の美しさに見とれているのか、口がぽかんと開いている。

桜之助は大きく息をつくと、心のなかで竹治郎に呼びかけた。

（子供のくせに美しい女子《おなご》に見とれおって……母上に叱られても知らぬぞ……）

桜之助は苦笑する。

「さ、参るぞ」

竹治郎をうながし先をゆこうとした桜之助は、踏みだしかけた歩を止めた。

（誰だ……）

桜之助を見張っている者がいる。

道中では、なかった気配だ。

(江戸に入ろうとするや、見張られる羽目になるとは……)

竹治郎を連れての道中ゆえ身動きはとれぬが、殺気は感じられぬ。

桜之助は目の端で、後をつけている曲者の姿をとらえた。

風采のあがらぬふたりの侍。四十過ぎと三十そこそことみえる。

身分は高くはない。なにかの下役といったところだろう。

ふたりともひょうひょうと、のんきな顔を作ってはいるが、目つきは鋭い。

(町方の同心にでもいそうな風体だが……)

むろん、武家の桜之助を町方奉行所の同心がつけ回すはずはない。

(まあよい……竹治郎に害がなくば、神田橋御門外の江戸屋敷まで勝手についてくるがよいわ……)

桜之助はわざと快活な声を張りあげ、曲者《くせもの》ふたりにも聞かせようと竹治郎に呼びかけた。

「さあ、宿に戻ろうかの。明日はいよいよ江戸に入る……日本橋はにぎやかゆえ、腰を抜かさぬようにするのだぞ、竹治郎」

三年前、天明六年(一七八六年)。

家治《いえはる》将軍の死の直後に田沼主殿頭さまが老中を解任された。

代わって公儀の中枢の座についた人物は白河殿《しらかわどの》。奥州白河の国主の松平越中守定《まつだいらえっちゅうのかみさだ》信《のぶ》さまだ。

よろず華美を好み、あきないを活発にさせることで天下を豊かにしようともくろまれていた主殿頭さまとは異なり、白河殿は質実を旨とされている方だ。

ことあるごとに「武士は武士らしく、農民は農民らしく」との言葉が下々にも伝えられる。

そのためか桜之助にも、江戸の町がなんとなくさびれ、窮屈になってきたと思われた。

おそらく『浦会』も白河殿の動きを注視しているはずだ。

桜之助が怪しげなものたちにつけ回される理由も、かつて『浦会』に名を連ねていたところにあるのやも知れぬ。

(付いてきたくば、勝手に付いてくるがよいわ……御苦労千万な話じゃ)

桜之助は江戸の賑わいに目を丸くする竹治郎の顔つきを思い浮かべた
竹治郎は不意に笑みを浮かべた桜之助を不思議そうにまじまじと見つめた。

五

翌日の昼前、品川の辻駕籠に竹治郎を乗せ、桜之助は日本橋に向かった。

ふたりの曲者も、やはりついてくる。

桜之助は揺れぬようゆっくりと歩ませた駕籠のかたわらを、同じくゆっくりと歩を進めた。

竹治郎は駕籠にかけられた筵《むしろ》の隙間から外の様子をうかがっている。竹治郎の大きく見開いた目玉が筵の向こうに見えた。

荷を高く積んだ大八車が、ごろごろと大きな音を立てながら往来をゆく。勢いがついて、けっこうな早さになっている大八車を追い越しながら、下帯だけの尻を丸出しにした飛脚《ひきゃく》が駆け抜けていく。

「おおっと、危《あぶ》ねえ。気《き》イつけろィ」と怒鳴る声も飛ぶ。朝一番のあきないを終え、空の盤台をかついだ魚売りだ。

江戸育ちの桜之助には懐かしい喧噪《けんそう》だ。

（さあて、と……また忙しい日々になるのか……）

国元の駿河田中でいつまでものんびりと羽根を伸ばしていたくもある。

が一方で、江戸の風に触れた桜之助の身体には静かな力が少しずつだが確かに満ちていく。

桜之助が負うているのは、江戸留守居役や若君の御守役という家中の御役目だけではない。

桜之助の懐深くには、常に肌身離さず所持している小さな袋の重みがある。

袋のなかには刀の鍔《つば》が入っている。

銀の鍔だ。

鍔に刻まれた文字は『欣《ごん》』。

神君家康公の旗印、『厭離穢土《おんりえど》 欣求浄土《ごんぐじょうど》』の一文字だ。

桜之助はこの鍔によって、御政道ばかりか天下の行く末を支配する者たちと結びつけられている。

天下を裏から動かす会、『裏会』変じて『浦会』だ。

桜之助の後をつけている曲者の狙いはわからぬが、面倒に巻きこまれ始めているという予感が胸にわいてくる。

桜之助はいったん駕籠を停めた。

背後に向きなおり、あとをつけてくるふたりの男たちを正面から見すえる。

御役目の旅支度といった体《てい》の埃《ほこり》っぽいなりをした男たちは、向きなおった桜之助にも驚く様子はみせず、何食わぬ顔で追い抜いていく。

人のあとをつけていく役目にはずいぶん手慣れている様子だ。

いよいよもって町方奉行所の同心のようだ。

年かさのほうの男が桜之助を追い抜きざまに、ちらりと目を送った。

男の目は笑っているようにみえる。

邪気を含んだ笑いではない。

男は桜之助にむかって、「ここまでじゃ。倅殿《せがれどの》を無事に本多家上屋敷に連れていくことじゃ」とでも告げているかのようだ。

（奇妙な曲者じゃ……）

江戸に戻るや、おかしな目に遭うとは……。

桜之助は改めて身と心を引き締める。

「ほれ竹治郎、ここが江戸の中央、日本橋じゃ」

辻駕籠を帰らせ、桜之助は竹治郎の手を引いて日本橋の真ん中に立った。

遠くに雪を被った富士が見える。

竹治郎は富士を指さすと、「おお……おおおお……」と驚きの声をあげた。

（竹治郎は富士が好きだの……母と離れた寂しさも、江戸の賑わいで紛れるとよいが……）


竹治郎は首を右に左に動かして行きから者たちを見ている。

「さあ、父から離れるでないぞ」

竹治郎に袴の腰のあたりをもたせ、桜之助は日本橋の裏通りに入っていった。

裏通りとはいっても日本橋だ。

間口は狭いが小間物や古着をあきなう小店が軒を並べている。

人出も多く、表通りより歩くのに難渋をするくらいだ。

竹治郎は言いつけどおり桜之助の袴を両の手で摑《つか》んでいる。

裏通りが二手の路地に分かれるところに小さな祠《ほこら》があった。

桜之助の背丈ほどの社《やしろ》は塗りも剝げおち、みすぼらしい。

周囲を囲っている玉垣代わりの杉の柵も曲がっていたり折れていたり、まともに立ってはいない。

ただ木の鳥居だけはまだ新しい。

桜之助は、雨風にさらされて飴色になった木肌《きはだ》を撫でた。

「さ、社に手をあわせよ……無事に江戸に着いた御礼を申せ」

竹治郎も社に手をあわせる。

「この社はの……駿河の田中とつながっておる……」

桜之助の言葉に、竹治郎はきょとんとして口をあけている。

桜之助はかまわず続ける。

「父は毎日、この社に参っておった……そなたの母や爺さまが、つつがなく日々を暮らすようにと、の……」

国元から奈菜の懐妊の知らせが届いたときには、桜之助は真っ先にこの社に参った。

竹治郎が無事に生まれたという知らせに、桜之助は白木の鳥居を社に寄進した。

「国元や……母が恋しくば、この社に参ればよい。この社は駿河の田中だ。そう心得よ」

竹治郎は泣きそうな顔になっている。

が、ぐっとこらえ、二度三度、こくんこくんとうなずいた。

「よしよし……竹治郎は強い。強い武士だ……」

桜之助は竹治郎の小さな肩に手をあて、空いた手で切り髪の頭を撫でた。

「旦那さまぁ……おととい から何も食べてはおりませぬ……お恵みをぉ……」

消え入りそうな男の声に、桜之助と竹治郎は同時に顔をむけた。

かなりの年齢で、足腰も弱っているものとみえる。

と、驚いたことに、竹治郎が桜之助と物乞いの間に割ってはいった。

「用はない、さがれ」

子供ながら甲高い声でよばわる竹治郎を、桜之助は制した。

「よいよい竹治郎……」

桜之助は懐の大きな革袋から四文の波銭を何枚か摑みとると、竹治郎の小さな手に握らせた。

「ほれ、これを与えよ」

「でも父上……爺さまは、このようなむさい者には近づいてはならぬと仰せでございました」

「おお、高瀬の爺さまがそう仰せであったか。だがな……」

桜之助は竹治郎の目をまっすぐにみたまま続けた。

「弱き者を助くるは武士の勤めと父は思う……爺さまにはまた、竹が叱られぬようお話し申す。さ、銭を与えてやれ」

竹治郎からの銭を両手で受けとった物乞いは、いっそう哀れな声を振り絞った。

「おありがとうございぁぁぁい……」

何年か続いた飢饉、さらには信濃の浅間山が火を噴いたときにまき散らされた灰のために北の諸国の民たちが村を捨て江戸に流れこんでいる。

田沼さまの時代から白河殿、松平越中守定信さまの治世になっても江戸に流れこむ困窮民は減らない。

物乞いとして命をつなぐ者のほかに、悪行に手を染めて道を誤る者が後を絶たぬ。

桜之助には、江戸の町は以前より殺伐《さつばつ》としていると思われる。

今の物乞いは、見るからに弱々しく頼りなさげだった。

おおかた物乞い仲間から、表通りではなく裏通りに追い払われたのだろう。

物乞いのなかでも、強い者と弱い者の差は歴としてある。

(弱き者が泣かぬ世になればよいのじゃが……)

あの物乞いは無事にこの冬を越せるだろうか、と桜之助は思った。

己《おのれ》の力のなさがなんとも情けなく、また歯がゆくもある。

「いちどきには変わらぬものでござるよ、高瀬殿……」

懐かしい三津田兵衛の声が桜之助の耳の奥で響いた。

(これで、よいのでございますか……兵衛殿……)

竹治郎が物乞いに与えた銭はすべて四文銭だ。
桜之助は三津田兵衛にならって、いつでも施しのための四文銭を身につけていた。
桜之助は、改めて社に向きなおり手をあわせた。
竹治郎は、驚いた様子で桜之助を見守っている。
少し離れたところから桜之助の様子をうかがっている気配がある。
先ほどの曲者だ。
いったんは桜之助たちをやり過ごしたものの、念のために見張ってでもいるのだろう。
(乞食への施しを見られたか……構わぬわ)
桜之助は立ち上がり、竹治郎に告げた。
「さ、ここから神田橋までひと息じゃ。竹治郎、参るぞ」

六

桜之助の住居は本多家上屋敷のなかにある。
江戸留守居役には、面目を保つためにかなり広い屋敷が与えられている。

が、桜之助の屋敷には下働きの女と飯炊きの権助《ごんすけ》がいるだけだ。

(竹治郎には、しばらくは寂しい思いをしてもらわねばならぬのか……)

桜之助は屋敷の入り口で、大声で呼ばわった。

「爺さん、居《お》るか。長らく留守を致した」

屋敷の裏で薪割《まきわ》りでもしていたらしい権助は、頬被《ほおかむ》りした手拭いをとりながらとんできた。

「おお、旦那さま……お戻りで」

続いて権助は竹治郎の顔をまじまじと眺め、歯のない口を大きく開けて笑った。

「これは坊ちゃま、竹治郎さまでごぜえますな……なんとまあ、綺麗な坊ちゃまで……役者にでもしたいくれえで……」

「国元で疱瘡も済ませたと、高瀬の爺さまや妻からはさんざん自慢されたわ」

疱瘡で命を落とす幼子は多い。また命に別状はなくとも、顔中に痘痕《あばた》を残す子供も多いなか、竹治郎の疱瘡は軽くで済んだ。高瀬の爺さまが毎夜、水垢離《みずごり》をして念じたという。

権助は続ける。

「疱瘡も軽くでお済みなさった、とは、これはやはり空から降ったお札のご利益でごぜえましょう。旦那さまには叱られましたが、この権助、こっそりとお札をいただいて陰ながらでごぜえますが坊ちゃまのご無事を頼み申し上げたのでごぜえますよ」

「近頃でも、江戸ではまだそのような噂があるのか」

「いやあ……子供の病除けのお札はもう降ってはねえみてえだが、代わりに薄《うす》ッ気味《きみ》の悪《わ》りい似せ絵の話があってのう……もう怖ろしゅうて怖ろしゅうて……」

桜之助は権助の話に思わず引きこまれそうになった。

かたわらでは竹治郎もまた、息をつめて権助の話に聞き入っている。

(子供のくせに、かかる下らぬ話に聞き入るとは……誰に似たのやら……)

桜之助はコホンと咳ばらいをすると、権助に向かって叱るような口調で告げた。

「武家の屋敷でつまらぬ話を声高《こわだか》にするものではない」

権助は「へいへい」と頭を下げ、歯の抜けた皺《しわ》だらけの顔を竹治郎に向けた。

「坊ちゃまは器量定めもお済みで。これは先々楽しみでごぜえますな。旦那さまのように女子《おなご》を泣かさにゃええですが……」

「つまらぬことを申さずに、盥《たらい》に湯を汲んできてくれ。早う足を洗うて休みたい」

桜之助も竹治郎も、江戸の冬の乾いた風に吹きさらされて埃まみれだ。

桜之助は竹治郎の小さな脚に巻かれた脚絆《きゃはん》を解き、権助が運んできてくれた盥の湯で滑らかな白い脛《すね》を洗ってやる。

「おおい、爺さん」

屋敷の奥から大きな声が聞こえてきた。

男のだみ声だ。

桜之助は顔をあげた。

「誰か客人が居《お》るのか」

「あんれ……旦那さまはご承知ではなかったかの……」

権助は戸惑った顔を桜之助に向けている。

「爺さん、なにかこう……塩辛いものが欲しいのじゃが……茄子《なす》の古漬けでもあれば切ってくれぬか」

声が大きいだけではない。遠慮がない。

桜之助はかたわらに置いた刀を摑《つか》むと、泥だらけの足のまま屋敷の奥へむかった。

屋敷でいちばん広い座敷は、来客と応対するための客間だ。

庭を一面に見渡せる縁側からは、日がたっぷりと射しこんで温かい。

眺めの良い客間の縁側に、立て膝姿をしてだらしのない格好の男がいる。

年のころは四十と五十の間くらいか。

月代《さかやき》はもう何日も剃っていないのだろう、餅に生えた黴《かび》のような毛が伸びている。

男の前の盆には、五合徳利と茶碗が置かれている。

まだ日も高いのに酒をくらっているようだ。

顔も垢《あか》じみて、髭《ひげ》などもあたってはいない。

見るだけでむさ苦しい男だ。

男は、はだけた胸元に無造作に手を突っこむと、ぼりぼりと音を立ててかきむしりながら桜之助をにらみつけた。

屋敷の主人の桜之助にむかって、「お前はいったい誰なのだ」とでも言いたげな顔つきだ。

（うわぁ……虱《しらみ》でもわいておらねばよいが……）

桜之助は怒鳴《どな》りつけたくなる気持ちを抑え、男に訊ねた。

「みどもは当屋敷の主人《あるじ》、高瀬桜之助でござるが……そこもとは……」

男は桜之助をにらみつけていた顔を崩すと、満面の笑顔になった。

「おお……貴殿が高瀬桜之助殿か……いや、江戸へのお戻りがいつになるか、お待ちいたしておった」

姿形はむさ苦しい限りだが、男の笑顔は見ているると腰が抜けそうになるほど柔らかく、やさしい。

男はさらに大声で続ける。

「いや、貴殿も久方ぶりの国元とのこと。美しい御新造のそばを離れたくない気持ちは、拙者もよおっくわかり申す。そうでござろう、高瀬殿。御新造と存分に仲良うされたか、あっはっはっはっは……」

桜之助に続いて竹治郎もやってきた。異形《いぎょう》の男に目を見開き、ただただ驚いている様子だ。

(竹治郎の前でなにを申すのだ、この男は……)

桜之助の顔つきの変化を見てとったのだろうか。

男は立て膝を直すと、その場にかしこまった。

両の手を腿《もも》にあてた姿で、変わらぬだみ声を張りあげる。

「拙者、このたび命《めい》により、若君御守役を貴殿とともにつとむる次第となった……村松獅子右衛門でござる。以後、別懇《べっこん》に」

「貴殿が……あの……」

桜之助の目の前に、藪谷帯刀さまの、高瀬の爺さまの、奈菜の笑う姿が行き来した。

「獅子右衛門殿……」

獅子右衛門は真面目くさった顔で、「なにとぞ、よしなに」と頭をさげた。

縁側になにやら白いものがはためいている。

桜之助は正体を見きわめようと目を細めた。

「これは……」

獅子右衛門は膝をくずし、再びだらしのない格好になると白い歯をみせて笑った。

「いやあ、拙者、ふんどしを切らしましてな。洗って干しておるところでござる」

「さすれば今は、ふんどし……いや、下帯《したおび》は……」

「ああ。飯炊きの爺さんに頼んで、高瀬殿のをお借り申した……なに、拙者のが乾き次第、お返し致しますで心配御無用」

「け……結構でござる。返却御無用」

獅子右衛門は、桜之助の気色《けしき》ばった様子にも動じない。

目の前の茶碗に酒を注ぐと、さも旨そうにひと口あおった。

「高瀬殿……ま、そこにお座りになって、おくつろぎなされよ」

どちらが主人《あるじ》かわからぬありさまだ。

桜之助は相変わらずぽかんとした顔つきでいる竹治郎を振りかえり、告げた。

「さ、竹治郎……奥の書院へ参るぞ。荷を置き休むがよい」

竹治郎は、目の前にいる奇妙な男に目を奪われている。

父と獅子右衛門とのやりとりを面白がっているかのようだ。

「早《はよ》う参らぬか」

桜之助は、いつになく荒い口調になったと心のなかで省みる。

「旅支度を解いて参りますれば、しばらくお待ちを。村松殿」

獅子右衛門はのんきな顔で、「ごゆるりと」と返答をすると、奥にむかってだみ声で怒鳴った。

「爺さん、茄子の古漬はないものかのう……おおい……」

七

三縁山広度院増上寺《さんえんざんこうどいんぞうじょうじ》といえば浄土宗の六大本山のひとつ。僧侶の育成をする関東十八壇林《かんとうじゅうはちだんりん》筆頭の大寺院だ。

徳川家の崇敬も篤く、台徳院《たいとくいん》（二代将軍徳川秀忠）さまから有章院《ゆうしょういん》（七代将軍徳川家継）さままでの御霊屋《おたまや》がおかれている。

広大な境内のところどころには雑木林や深い藪がある。

桜之助は増上寺の境内にある藪の奥深くに庵を結んでいる鉄仙和尚《てっせんおしょう》を訪ねた。

和尚はもう六十歳を過ぎているだろうか。

背が低くずんぐりとした体にまん丸い顔がのっている様《さま》は、見ただけで噴き出しそうになる。

いつもぼろぼろの破《や》れ衣を身につけており、増上寺に勝手に住みついている乞食坊主としか思われない。

道誉鉄仙《どうよてっせん》という、浄土宗でもごく限られた高位の僧にしか与えられない『誉』号をつけているからにはかなりの智識《ちしき》のはずだが、桜之助にとってはおしゃべり好きで食いしん坊の坊さまだ。

鉄仙の身の回りの世話役は、不乱坊《ふらんぼう》という大男だ。いちおう仏弟子らしく頭は丸めてはいるが、いつみても一寸（三センチ）ほど髪が伸び、いが栗のようになっている。

不乱坊の正体は、かつて江戸の町を騒がせた盗賊、稲葉小僧だ。

四年前に田舎小僧なる盗賊がつかまり刑死したが、稲葉小僧の不乱坊とは別人だ。

稲葉小僧は決して人を傷つけず、もっぱら武家の屋敷から刀剣を盗み続けた。

江戸の町の人たちからは義賊として親しみのこもった目を向けられていたが、盗賊は盗賊だ。

かかる男を弟子としている鉄仙和尚だが、桜之助は和尚との気のおけない無駄話を楽しみに、足繁く芝の増上寺に通っている。

「土産《みやげ》……というほどのものではござりませぬが」

桜之助は細長い奉書紙の包みを和尚の前に置いた。

「国元の駿河国田中の城之腰や鰯ヶ島の浜には鰹《かつお》があがりまする。近年になって、薩摩や土佐に学んで鰹節を産するようになりました。まだまだ名産……とは参りませぬが、お味見までに……」と言いかけて、桜之助ははたと気づいた。

「これはしたり……鰹節とは魚類。御出家には禁物でございますかな」

「いや、なんの」と和尚は平気な顔だ。

鰹節を手にとり、「ありがたく頂戴いたしまする。よき出汁《だし》がとれましょうぞ……」

と満面に笑みを浮かべている。

桜之助は不乱坊が淹れてくれた焙じた茶を啜《すす》った。

香ばしさが身体中に染みわたる。

和尚が桜之助に訊ねた。

「高瀬さまには、若君の御守役もおおせつかった由……ますます御多用になりまするな」

「みどもには荷がかちすぎると、再三ご辞退申しあげましたが、よんどころなく……相役もつけていただく次第となりましたが……」と言いかけて、桜之助はぐっと笑いをこらえた。

「相役の村松獅子右衛門という御仁が、これまたなかなかの人物でございまして……」

鉄仙和尚は獅子右衛門の人となりを聞くと、大きな目を細めて笑った。

「高瀬さまは、生真面目な……普段の起居にも几帳面《きちょうめん》なたちでございますからな……」

「獅子右衛門殿とは真逆《まさかさま》で……それが獅子右衛門殿は、みどもの屋敷の権助が炊く飯がことのほか旨いと申して、とうとう屋敷に居座ってしまい申しました……」

「それはまあ……高瀬さまには御難儀で……」

「大酒飲みゆえ、毎夜、酒の相手をさせられ、かないませぬ……が、獅子右衛門殿は年長ゆえ、無碍《むげ》にも致しかね申し……」

「その獅子さまには御新造はおいでではございませぬか」

「それが、御新造には先立たれ、おひとり身で……」

村松家は、田中の地に古くから続く旧家だ。

獅子右衛門によれば「三方ヶ原《みかたがはら》の戦以来より田中に続く」名家らしい。

獅子右衛門も元は田中の地で、本多家の家臣として仕えていた。

妻がおり、家中でも仲のよい夫婦として知られていたという。

桜之助は和尚に告げた。

「みどもの家内なども、田中にいたころの獅子右衛門殿をよく覚えておるそうで……お子はおいでではなかったものの、やさしい奥様に、獅子右衛門殿自身も朗らかでご陽気で……童《わらべ》たちをいつも笑わせておったそうでございます」

獅子右衛門に不幸が訪れた。

妻の病死だ。

獅子右衛門は、傍目《はため》にも気の毒なほどの嘆きようだったという。

「田中は父祖からの土地ではあるが、御新造との思い出も深くあり……という獅子右衛門殿のたっての願いで、遠く離れた本多家の飛び地、下総相馬の代官として出むく次第になったと聞きおよんでおります」

「さようで……御新造さまが亡くなられてからは御後室《ごこうしつ》もお迎えにはならず、でございまするか……情の深い、やさしいお方と見えまするな……」

鉄仙和尚は深く感じいったかのように、ゆっくりと熱い焙じ茶を啜る。

「高瀬さまとは水と油の獅子右衛門さまなれど、高瀬さまもまんざらご迷惑なばかりではございますまい」

「いや、とんでもない……みどもはほとほと、困《こう》じきっておりまするぞ……」

朝は日が高くなるまで寝ている獅子右衛門に、桜之助は意を決して告げた。

「せめて朝餉は我らとともにとっていただきたい……竹治郎の御目見得《おめみえ》が済みますれば、村松殿も御守役として若君をお育て申しあげねばならぬ身でございまするぞ」

「はっはっは……承知した……竹治郎や若君が拙者のようなぐうたらに育ってしまってはいけぬでのう……」

もっとも獅子右衛門もまんざら役に立っていないわけではない。

桜之助は江戸留守居役としての勤めが忙しい。

昼間はほとんど屋敷を空けている。

竹治郎の相手もろくにできないでいたところ、獅子右衛門が面倒をみてくれている。

切った竹の先に手綱をつけてまたがらせ、「それ、馬の稽古じゃ」と遊ばせる。

「いろは、は、もそっとしてから習えばよいが、筆には馴れておくことじゃ」と、竹治郎に使い古しの筆と反古《ほご》を与え、好き勝手に殴り書きをさせている。

「ほほう、竹治郎はなかなか筆捌きに元気があるのう……それ、父上にお見せしてみよ」と上手にほめる。

竹治郎も、すっかり獅子右衛門になついている。

ある晩、桜之助が酒の相手をしていると、獅子右衛門は誰に向けてともなく、ぽつりと漏らした。

「拙者にも竹治郎のような子でもあればのう……」

鉄仙和尚は桜之助の話に深くうなずく。

「竹治郎殿を我が子と思って、相手をなさっているのでござりまするか……ますます情の深いお方で……」

「それはよろしゅうございまするが、時に、つまらぬ唄などを竹治郎に教えこみまして……いや、町の者たちが酔って口にする類いの唄を竹治郎に……」

桜之助は、竹治郎が嬉しそうに唄う文句を聴き腰を抜かさんばかりに驚いた。

「『会いたくば　土手《どて》八丁《はっちょう》もひととびに　越えて来なんせ　北国《ほっこく》に　雀も来やるぞ　ええい　ええい』……でございまするぞ。まだ六つの子供が……」

色里の吉原は、江戸市中の北にあることから『北国』と呼びならわされている。

「獅子右衛門殿のおかげで、つまらぬことばかり覚えて困りまする」

鉄仙和尚は笑顔を桜之助に向けた。

「水と油の高瀬さまと獅子さま……存外、よい取り合わせではございますまいか」

「家中でも下々の者までが、我らの組み合わせを笑うておりまする」

「それくらいでちょうどよろしいのでは……さてさて、御家中には知恵者《ちえしゃ》がおいでとみえますな」

「それが、村松殿を御守役として呼び返したは国家老の生駒監物さまで……」

「なんと……」

鉄仙和尚は、生駒監物が桜之助に含むところがある事情は知っている。

桜之助は冷めてきた焙じ茶をひと息に飲んで喉を潤《うるお》した。

「まあ……みどもも村松殿がおいでてずいぶん助かり、また竹治郎の気も紛れておりますれば、上々吉《じょうじょうきち》かと……」

「ふうむ……」

鉄仙和尚は手にした茶碗を両手で包みこむようにして持ちながら、しばらくなにかを思案しているかのようだった。

桜之助は生駒監物のでっぷりと脂ぎった顔つきを思い浮かべた。

本多家国家老としての立場を超え、本多家や領国の田中を思いのままにしようと企んでいると噂される人物だ。

六年前には結崎太夫《ゆうざきだゆう》なる能役者を田中に送り込み、本多家への呪詛《じゅそ》の舞を奉納させた邪《よこしま》な男だ。

結崎太夫の呪詛を防いだ桜之助をなにかにつけ目の敵にしているが、このたび獅子右衛門を桜之助の補佐につけるよう取り計らったところをみると、企ての矛先《ほこさき》を収めているとみてよいのではないかとも思われる。

「ふうむ……」

鉄仙和尚はふたたびうめいた。

茶碗は両の手でしかと包みこんだままだった。

八

囲炉裏《いろり》にくべた枯れ枝が、ぱちんと音をたてて弾けた。

鉄仙和尚は気を変えようとするかのように顔をあげた。

「しかし、江戸の町もなんとのう、気詰まりになって参りましたな」

「さようで……なんと申しても、天下の差配は、かの白河殿でございますからな……」

奥州白河の国主、松平越中守定信さまは御年三十二の若さで老中首座をつとめておられる。

前任の田沼主殿頭意次さまは、その白河殿によって老中首座の座を追われ、領国の遠《とお》江国《とうみ》相良も召し上げられた。

桜之助は主殿頭さまはもとより、子息で非業の死を遂げられた山城守意知さまに深く心を寄せていたから思いは複雑だ。

江戸留守居役が集まる寄合などでは滅多なことは口にはできぬが、鉄仙和尚の前では別だ。

桜之助は冷えた焙じ茶で口を湿した。

「主殿頭さまや山城守さまが打ち込んでおられた印旛沼《いんばぬま》の干拓も実を結ばず……結果、人心も公儀から離れておりますれば、白河殿に取って代わるも必須でございましょうが……」

主殿頭さまは老中筆頭の権勢をかさにきて、周囲の目もはばからず賄《まいない》を貪っていた、とは世間の評判だ。

白河殿は早くから主殿頭さまへの敵対の色を隠さなかった。

白河殿は徳川三卿《さんきょう》のひとつ、田安家の出身で、御祖父は有徳院《ゆうとくいん》（八代将軍徳川吉宗）さまだ。

白河殿のもとには、公儀のうちで反田沼の重鎮たちが結集した。

そもそも公儀の中枢に入るはずのない田沼家が実権を握っているありようを苦々しく思っていたむきは多い。

あきないを重視した主殿頭さまとは異なり、白河殿は一にも二にも農政に力をいれておられる。領国の白河で天明の飢饉の折に蓄えた米によって領民を救ったとの評判も高い。

荒廃した農村を再興させるために、種籾《たねもみ》や農具を貸し与える。

あるいは、農村から他国への出稼ぎを制限し、田畑の荒廃を防ぐ。

あきないによって天下を潤わせようという主殿頭さまの進めたもくろみにかえて、武士は武士らしく民は民らしくある世をつくろうとされているかのように見える。

武家から町人まで、とかく華美を競う風があった江戸の町の風紀の粛正にも心を砕かれている。

また飢饉によって江戸に流れこんできた無宿の者たちによって、江戸の町には物乞いだけではなく悪事に手を染める者たちが増えている。

白河殿は町にはびこる悪にも容赦はない。

和尚は呟いた。

「近ごろは、長谷川平蔵さま配下、火盗の捕り手の姿を目にせぬ日はございませぬな」

御先手組弓頭《おさきてぐみゆみがしら》、旗本四百石の長谷川平蔵宣以《のぶため》は二年前に火付盗賊改をおせつかった。若いころは放埓《ほうらつ》な毎日を送ってきたというだけあって、悪人たちが跋扈《ばっこ》する裏の世界を知り尽くしていると評判の男だ。

桜之助も、『火盗』の提灯を押したてた捕り方たちが往来を駆け抜けていくところを何度も目にしている。

棒や刺股《さすまた》、梯子《はしご》などを抱えて疾走する捕り方たちはものものしく、また怖ろしげでもある。

「捕り物なれば、むしろ静かに悪人を追い詰めればよいものを……まるで火盗の名を天下に知らしめようとされているようでもござりますな」

和尚の呟きに、桜之助も続けた。

「あるいは、火盗の長谷川平蔵の名を知らしめようとしておるかのような……」

和尚は声をたてて笑った。

「ほっほっほ……高瀬殿も、なかなか辛辣《しんらつ》におなりになり申しましたな……」

和尚は真顔になって桜之助に訊ねた。

「世もなんとのう、ざわついておりまする……かの会の力が要りようになるときも近いかと……高瀬様、まだかの会……浦会にお戻りにはなりませぬのか」

桜之助は和尚には答えず、すっかり冷え切った茶碗を口に運んだ。

茶碗のなかはすでに飲み干しており、冷たい雫《しずく》だけが桜之助の上唇にあたった。

九

江戸留守居役たちが集まる寄合は、月に三度だ。

実はこの九月、白河殿によって江戸留守居役たちの寄合は禁止はされている。

が、寄合を禁止し、江戸留守居役同士の連絡が途絶えると、公儀の細かなところがたちまち立ち行かなくなるは必定《ひつじょう》だ。

禁止令にもかかわらず、相変わらず寄合は開かれている。

桜之助が属する寄合は、主に品川で行われる。

どの家中でも江戸留守居役といえば、御役目にかこつけて料亭や遊里の茶屋にあがり、さんざん飲み食いをするものという目でみられる。

桜之助も、「然《しか》り。その通り」と認めざるを得ない。

が、続けて「ただ、決して愉快なものではござらぬぞ」と心のなかで付け加える。江戸留守居役の役目は公儀や他家との折衝だ。一にも二にも、前例、慣例が重視される。

ゆえに寄合では古参のものが大いに幅をきかせる。

新参のうちは、「ああ……その場合は、こうするものなのじゃよ」という教えを垂れる古参の意を迎えるよう振る舞わねばならぬ。

古参ににらまれようものなら、とんだ竹篦返《しっぺいがえ》しをくらう羽目になる。

桜之助はもはや新参扱いはされてはいない。

また腕が立つものとして古参からは一目置かれてもいるために無体な目に遭いはしないが、新参の者たちが『ご無理ご尤も』とばかりな仕打ちを受ける姿は毎度寄合で目にしている。

桜之助もかつて新参者のときには、親切な者から助け船を出してもらったりしていた。

今も桜之助の目の前で、新参者が古参にいいがかりをつけられている。

桜之助は、古参から無理を言われて困っていた新参者を叱りつけた。

「さ、そこはそこもとの粗忽《そこつ》でござりまするぞ……」

ことさらに大きな声を張り上げると、続いて古参の者に笑いかける。

「はっはっは……いやなに、新参の留守居役衆には手がかかり申しますのう。おこと、おことのような物知りの御仁に、もっともっと目を光らせていただかねば、寄合のしめしもつきませぬわ……」

新参者とはいっても年齢はもう五十歳《ごじゅう》を超えているようだ。桜之助よりずっと年長だ。月代から額にかけて粒になった脂汗を浮かべながら、叱りつけた桜之助にありがたそうな目をむける。

古参は、まだ意地の悪そうな目をぎらつかせてはいるが、桜之助にああ言われては矛先を収めるよりほかはない。

面白くなさそうな顔で、手にした杯をひと息にあおった。

「温《ぬる》い……酒が冷めておるではないか……ええい、気のきかぬ」と座敷に侍《はべ》る芸者に当たっている。

桜之助は新参者に目で合図を送り、場から離れさせた。

(全くのところ……かような座敷では、いくらうまい料理が出ても、味がせぬわ……)

目の前の膳には、鰤《ぶり》の切り身を醬油《しょうゆ》で煮た料理がのせられている。

桜之助は箸の先で、飴色になった鰤の醬油煮の身をむしる。

ほくほくとした白い身を口に入れると、甘辛い旨味が広がった。

（これは……砂糖をおごっておるの……旨い）

ささくれだった桜之助の心も、少し収まった。

桜之助の向かい側では、隣りあった者同士が江戸の町での噂話をしている。

「本当《まこと》でございましょうかの……そのような不可思議な話が……」

「いやそれ、当家に出入りしおる鼈甲問屋の隠居が賊に襲われて死んだと申すで間違いではないわ……隠居も襲われる数日前に似せ絵を描かれていたというのじゃよ」

「似せ絵はいきなり届けられるとの話でござるの……例の、先日みまかられた旗本も…………」と声が小さくなる。

桜之助も同じ話を耳にしていた。

さる大身の旗本が酒に酔って帰宅する途中、堀割に落ちて死んだ。

なにしろ外聞の悪い話だ。

旗本の家では急ぎ葬儀を済ませたが、死の何日か前には旗本の顔を大きく描いた似せ絵が届けられたという。

似せ絵を描いた人物は、八丁堀地蔵橋《はっちょうぼりじぞうばし》に住む斎藤十郎兵衛《さいとうじゅうろべえ》という男だ。

阿波徳島二十五万七千石、蜂須賀家《はちすかけ》お抱えの能役者だ。

斎藤十郎兵衛には奇妙な楽しみがあった。

手すさびに、目についた者の顔を大きく写した似せ絵を描いては、顔の主に贈りとどけるという。

似せ絵といっても、顔をそっくりそのままに写しているわけではない。

顔の特徴をことさらに目立たせて描いている。滑稽とも、また不気味ともいえる似せ絵だ。

贈られた者のなかには「無礼だ」と怒って送り返すものもいるが、受けとった者は日をおかずして頓死《とんし》するという。

「面白い似せ絵だ」と喜ぶ通人気質の者や、堀割に落ちて死んだ大身の旗本のように「似せ絵を描かれたからと申して死ぬはずがなかろう」と笑い飛ばす剛直な武士もいるが、「まず間違いなく、十日と日をおかずに……」という話だ。

件の鼈甲問屋の隠居のように賊に押し入られての非業の死や堀割に落ちての事故のほか、食事中に苦しみだした者、寝たまま息を引きとった者など死因はさまざまだ。

桜之助の向かい側で噂話をしていた者たちも、「さすがに火付盗賊改がのりだし、斎藤と申す能役者を秘かに調べたが、怪しきところはなかったよし……」と首をひねっている。

桜之助の左隣から低い声が聞こえた。

「なにやら、世上がざわつきはじめ申したようでござるな……」

桜之助は答えず、目の前の鰤の煮付けの身を箸先でむしった。

声の主はわかっている。いつも決まって桜之助の左隣につく男だ。

低い声が続く。

「白河殿の世になり、なにやら息苦しゅうなっておるところに、似せ絵を描かるれば死ぬと申す噂話……火盗の捕り方も日々江戸の町を走り回っておりまする……思い返せば田沼さまの頃は、あれはあれでのどやかな、良き風《ふう》でござったの……高瀬殿……」

桜之助は黙ったまま、目の前の鰤をむしり続ける。魚の真っ白な身だけに目をこらし続ける。

隣の声は桜之助の様子に構わず続ける。

「そこもとも気づいてはおられようが……どこからともなく降ってくる子供の病除けの札、あれは確かにわれらの仕業じゃ」

桜之助は箸を細かく動かし、鰤の身をむしり続ける。

左隣からの声は続く。

「白河殿が天下の民にどのように受け入れられておるかを図ったのじゃよ……まあ、子供にかかわる流言飛語の類であれば罪はなかろうと、な。白河殿が天下の民に受け入れられておれば、怪しげな噂がいくら広がろうが天下はびくとも致さぬ。逆に世が乱れるようであれば……」

声はいったん止むと、さらに低くなった。

「白河殿を排し奉らねばならぬ。おわかりじゃの、高瀬殿……」

桜之助はわかったともわからぬとも答えはせず、ただただ目の前の鰤の身の白さに目を凝らしている。

左隣の声にはいささか自嘲の色が混じってきた。

「かようにもくろんでおったのでござるが……世にはびこった不安は、思いのほか強うござった。天明の世の飢饉以来《このかた》、諸国の村々から江戸へ流入いたす者の数は増すばかり。定まる住処《すみか》を持たぬ無宿人によって、江戸の町にはえもいわれぬ不安が広がり切っており申した……白河殿の仕置きは無宿人には厳しゅうござる。すると世の不安は公儀、すなわち白河殿には向かず、江戸へ流入する無宿無頼の徒に向けられ申す。結句、世の不安は消えぬものの公儀への怨嗟《えんさ》は高まらず、という奇妙な有様になったのじゃよ。まこと、奇妙な……放置しておれば、やがてわれらの手におえぬ次第になるは必定じゃ……」

桜之助は鰤の身を箸でほぐしながら口を開いた。

「かの人の命を奪うという似せ絵……まさか似せ絵の一件も……」

左隣の声はすかさず応じた。

「われらは、民の上の立つものの犠牲はいとわぬもの。かつての田沼山城守さまの如く、の……」

田沼山城守さま、三津田兵衛の名を耳にして、桜之助の箸の先が止まる。

声は続く。

「しかし断じて、無辜《むこ》の民の命を奪いは致さぬ。そうでござろう、高瀬殿」

桜之助は返事を声に出す代わりに、目を箸の先に落としたままぎゅっと唇を結んだ。

桜之助の心を慰撫するかのような穏やかな声が耳から流れ込む。

「奇妙な似せ絵の噂だけではござらぬ。押しこみや往来での斬り取りも後を絶たぬ……田沼さまが倒れられた当初は民も喜んでおりましたが、白河殿の御治世もさほど落ち着いてはおりませぬ……」

目の前の鰤の身は、あらかたむしってしまった。

白く細かな身がうずたかくなっている。

桜之助はなおも無言を貫いた。

聞くものに有無をいわせぬ強い調子で声が続いた。

「戻っておいでなされ、浦会に……」

桜之助は箸の動きを止めた。

止めたままじっと目の前の膳に目をこらし続ける。

隣の声の主は桑名十万石、松平下総守忠功《ただかつ》さま江戸留守居役、服部内記《はっとりないき》という老人だ。

桜之助はただ我慢をして膳に目をこらし続ける。

内記はようやくあきらめたようだった。

桜之助はむしりとった鰤の身を箸でつかむと、ひと息に口の中に放りこんだ。

甘辛く旨いはずの味はしない。

桜之助の耳の奥で、内記の声が響いた。

「えもいわれぬ世の不安や不満をいちはやくかぎ取り、天下の安寧《あんねい》を図るのじゃ……」

これまで何度となく聞かされ、すっかり耳の奥にしみついた声だ。

「それが我ら『浦会』の役めぞ……わかっておるの……高瀬桜之助殿……」

桜之助は耳の奥の声に、心のなかで応じる。

(その天下の安寧とやらのために、浦会は田沼山城守さまのような高潔な人物を死なせたのではないか……内記殿……)

桜之助は浦会とは袂を分かっている。

が、たやすく浦会からは逃れられぬと身に染みて知ってはいる。

(みどもも、浦会の風《ふう》にすっかり染まっておるのか……)

座敷はかなり乱れはじめた。

酔ったふたりが立ちあがり、組み合って相撲をとっている。

上座の古参が、手を打って笑っている。

桜之助の隣の内記は、黙って椀の蓋をとり、静かに汁を啜る。

桜之助も黙ったまま、むしった鰤の身の残りを箸で集めると、褐色の煮汁にひたした。

まとめて口中に放りこむと、甘辛い煮汁の底からかすかな苦味がひろがるように思えた。

十

江戸留守居役の寄合は、常のごとく四ツ近く(午後九時半ころ)になってようやく終わった。

どの家中でも門限をとうに過ぎている刻限だが、江戸留守居役に限っては「御役目でござる」として大手をふって屋敷を出入りする。

大雪《たいせつ》を過ぎ、まもなく冬至だ。

座敷では酒の熱気で息苦しいほどだったが、夜道は寒い。

江戸留守居役には駕籠乗り物が許されているが、桜之助は徒歩《かち》を好んだ。

駿河国田中に婿入りするまでは、旗本の三男坊として江戸の風を吸ってきた桜之助だ。

神田橋門外にある上屋敷までの一時（二時間）ばかりの道中は、苦になるどころか楽しみでもある。

白河殿の『質素倹約』の大方針はあるが、江戸市中から離れた品川宿あたりではまだ遊蕩《ゆうとう》の生ぬるい風は吹いている。

海から吹きつける風は冷たいが、桜之助の気分は何とはなく浮き立っている。

烏森《からすもり》のあたりにさしかかった。

桜之助を追い越した駕籠がぴたりと停まる。黒塗りの武家駕籠だ。

中から身体をしなやかに滑らせて老人が出てきた。

服部内記だ。

内記は供のものに目で合図をし、先に行かせる。

駕籠は去り、桜之助は内記とともに残される形となった。

桜之助は黙礼をし、内記のかたわらを抜けようとした。

「高瀬殿は神田橋門外、みどもは八丁堀の桑名の上屋敷までござる……道中、物騒《ぶっそう》ゆえ同道願いましょうかな」

内記は桜之助に呼びかけると、先に立って歩きだした。

内記はもう七十歳になろうという年齢だが、背筋は伸び足取りも確かだ。

内記の名は半蔵。

かつて神君家康公のもとで忍びの頭目として活躍した服部石見守正成《はっとりいわみのかみまさなり》、通称服部半蔵の後裔《こうえい》だ。

内記は桑名松平家の江戸留守居役としての顔のほかに、ごく限られた者しか知らぬ『浦会』を宰領している。

浦会とは『裏会』。

天下の行く末を裏から支配する者たちの集まりだ。

内記が常々口にするように、「えもいわれぬ世の不安や不満をいちはやくかぎ取り、天下の安寧を図る」浦会は、天下の風を読むために様々に仕掛けをほどこす。

先ほどの宴席で内記が口にしたように、江戸の町に連日にわたりお札を降らせ続けたのも浦会による風読みのひとつだ。

公儀には、浦会へ軽々《けいけい》には手出しはできぬ事情がある。

千代田の城、江戸城は中井大和守《なかいやまとのかみ》が手がけた名城だが、城内に通ずる抜け穴や抜け道が随所に仕掛けられている。

浦会は、中井大和守が遺した抜け穴抜け道が記された絵図面を握っている。

中井大和守の絵図面が浦会の手の内にある限りは、公儀も手出しができぬ形だ。

桜之助もやむを得ない事情から浦会に連なり、絵図面を所持する次第となった。

六年前、桜之助が敬愛する田沼山城守が浦会によって斬殺された。

以来桜之助は、浦会とは袂を分かっている。

大事の絵図面を隠しもったままだ。

浦会が公儀、すなわち白河殿と対決するには絵図面の存在は欠かせぬ。

絵図面を所持する桜之助が浦会に戻れば、白河殿との対決の火蓋《ひぶた》が切られるはずだ。

桜之助が前に突きだした丸提灯の先に、内記の背がぼんやりと浮かんでいる。

逆に、桜之助には背後の闇が濃さを増した気配を覚えた。

桜之助は左手で大小の刀をはさんだ帯のあたりをぐっと下ろして締めた。

前を行く内記が声をかける。

「誰ぞに付けられているようでござるの」

桜之助は、「そのようでございますな」と応じた。

「四人……でござるかの」

「はっ……しかし目当てはみどもか、それともご老人か、見当がつきませぬ」

浦会で内記を呼ぶ際の『ご老人』という名を、桜之助は久方ぶりに口にした。

内記は面白そうな笑いを含んだ声になった。

「このところ、浦会の面々がこうしてあとを付けられるという話をよく聞くようになり申しての……松山主水《まつやまもんど》殿をはじめ後藤頼母《ごとうたのも》殿も沢松伊織《さわまついおり》殿も……『大乃《おおの》』の主人《あるじ》の定九郎《さだくろう》も、の」

松山主水は大身の二千石の旗本。また後藤頼母は仙台伊達家の、沢松伊織は松江松平家のそれぞれ家臣、『大乃』は、浦会が開催される本所の料理屋だ。

「浜島新左衛門《はまじましんざえもん》などは、後を付けられたと知って気が動転しおって……あわてて、どぶにはまって大騒ぎしおった……ははは……盗賊あがりの公家侍《くげざむらい》だけあっておかしな男じゃ」

公家と武家の間の連絡役、武家伝奏《ぶけでんそう》は、公家の名門久我《こが》家がつとめている。

浜島新左衛門は久我家に仕える公家侍だが、もとは盗賊として名を馳せたものだという。

「さすが公家衆は、役にたつとあらば盗賊でも召し抱えるのか」と桜之助も感心していた。

背後の気配は濃さを変えない。

「ただあとを付けておるだけで、害心はないようじゃが……」という内記の言葉に、桜之助も心のなかでうなずいた。

刀の鯉口を切っておくまでもなさそうだ。

また気配からすると、曲者の腕は桜之助や内記の相手ではなさそうだった。

ただ暗闇のなかを間合いを詰めすぎず離れすぎず付いてくるとは、なかなかの手並みだ。

桜之助は低い声で内記に告げた。

「町方の同心ではこうは参りますまい。しかも町方が武家になにかを仕掛けるなどあるはずのない話……」

「我らの仲間の松山殿はさすがじゃ。いったん屋敷に戻ったと見せ、逆にあとを付けかえされたのじゃ」

内記は愉快そうに続けた。

「すると曲者は、清水門外の屋敷に入っていったそうじゃよ」

「清水門外……というと……」

桜之助のつぶやきに、内記は重々しく声をひそめて応じた。

「火付盗賊改、長谷川平蔵の屋敷じゃよ」

桜之助と内記は京橋のあたりで分かれた。

内記の「いずれ……また……」という言葉に、桜之助は応じなかった。

曲者は二人ずつ別れて桜之助と内記を付けてゆく。

（いっそ向きなおってやろうか）と思うが、相手が火盗となるといささか面倒だ。

諸国の農村を捨て江戸に入る者は後を絶たぬ。

なかには道を踏み外し無宿になる者や悪事に手を染める者もいる。

火付盗賊改は、江戸の町を跋扈する悪党どもを取り締まるという責務を負っている。

むろん対象は町方に限られ武家には及ばぬはずだが、江戸の町にはびこる悪事の一掃は白河殿の大方針だ。

火盗、そして火盗を束ねる長谷川平蔵の背後には白河殿が控えていると思わねばならぬ。

おそらく平蔵は、服部内記が率いる浦会を怪しんでいるのだろう。

桜之助は、あとを付けてくる者たちに大声で伝えたかった。

（みどもは浦会などには関わりはないわ……）

だが桜之助は本多家江戸留守居役の身、無益な騒ぎは起こしてはならぬ。

（相手が火盗となれば、背後には白河殿が……）

背後の闇は気配を微かにのこしたまま、桜之助が神田橋門外の屋敷に入るまで離れることはなかった。

十一

翌朝早々、来客があった。

江戸留守居役という御役目柄、屋敷を訪れる他家の留守居役は多いが、「はて……今のところは取りたてて相談するべき話もないはずだが……」と桜之助は首をひねった。

朝餉を済ませたばかりだ。

（月代をあたらせておいてよかったわ）

桜之助は急ぎ衣服を改め、座敷で客と対面した。

「これは高瀬殿……昨夜は拙者が難儀しておるところをお助けくださり、かたじけのうございました」

桜之助が座敷に入るや、客は平身低頭の体で礼を述べる。

鬢《びん》や髷《まげ》にも白髪が混じった五十歳半ばとみえる老武士だ。

応対する桜之助は驚いた。

「いやなに……そのように頭をさげられては、かえってみどもも困惑致しまする……武士は相身互い。さ、お頭《つむり》をお上げくだされ」

頭をさげた老武士の月代には、汗が粒になって浮かんでいる。

昨夜の江戸留守居役の寄合で見たままだ。

老武士は桜之助に何度もうながされ、ようやく頭をあげた。

出羽本荘《でわほんじょう》二万石、六郷佐渡守《ろくごうさどのかみ》さま江戸留守居役、名は確か工藤直太夫といったはずだ。

頬骨の張りだした角張った赤ら顔の持ち主だ。

永年にわたり浪人暮らしを続けていた兵学者で、ようやく六郷家に召し抱えられたという。

「拙者、長沼流兵学を修めたものでございまするが、なんと江戸留守居役をつとめよとの主命……料亭での振る舞いなど一向に心得ぬ無骨者ゆえ、困惑しきっておったところでございました」

直太夫が着している羽織の紐の位置は妙に高く不格好だ。

桜之助は、直太夫の胸元でぶらぶらと揺れている地味な真田紐に目をやりながら話を聞いている。

（みどもも寄合での振る舞いには苦労致したが……工藤殿はみどもに増してご苦労だったに違いないわ……）

桜之助は、権助が運んできた熱い茶をすすめる。

工藤は、茶碗に息をふうふうとかけてひと口啜る。

仕草もいちいち垢抜けない。

今度は桜之助が直太夫に頭をさげた。

「工藤殿の御難儀とは申せ、昨夜はみどものような若輩が叱りつけるような口を利きまして……汗顔《かんがん》の至りにございまする」

「いやいや、あれでこそ古株の御仁も収まったというものでござる。拙者の修めし長沼流兵学で申すところの『友ニ石ヲ投ゲ　敵ヲ遠ザク』というところで……いやはや、高瀬殿もなかなかの兵法家でございますな。はっはっは……」

工藤は無骨者ではあるが、なかなかのおしゃべり好きのようだ。

（腰を据えはじめておられるな……厄介な……）

適当に口実をつけて直太夫を帰らせたいところだが、相手は留守居役の新参とはいえ年長の侍だ。

また桜之助には、別な思惑から直太夫とは親しくしておきたくもあった。

(六郷佐渡守さまの御家中、か……)

桜之助の幼なじみで、若君の母堂でもある数は実家の永井家に身を寄せている。

最近になって数に、縁談が持ちあがっているらしい。

数の再嫁先として取り沙汰されているなかに、六郷佐渡守さまの名もあった。

本多家国家老の生駒監物は、当主である伯耆守さまの伯父にあたる。

伯耆守さまのそば近くに遠縁の女をおき、ゆくゆくは本多家の実権を握ろうという野望を抱き続けているといわれる。

生駒監物は野望の実現のために、白河殿に近づいている。

伯耆守が数を離縁したには白河殿の強い意向があったと、家中の者は誰でも知っている。

(伯耆守さまと数っぺ……奥方とは、まこと仲むつまじい夫婦であったに……)

思うにつけ桜之助は、幸の薄い幼なじみの数の力になってやりたいという思いを強くする。

ましてや数は、産んだばかりの若君と引き離されたのだ。

一方で、数の実家の永井家にも事情はある。

世間体もあり、不縁となって戻ってきた数を再び他家へ嫁がせたいというは無理からぬところだ。

桜之助は伯耆守の命で、時おり永井家を訪れ数を見舞っている。

桜之助が若君の御守役となったと知って、数は顔をほころばせた。

「さようでございますか……桜之助さまが栄松の守役に……」

数は切れ長の美しい目を桜之助に向け、軽くきっとにらみつける。

「栄松が誰ぞのようないたずら者になりませぬよう、しかと育ててたもれや……」

数は子供のころの桜之助のしわざをよく覚えている。

つかまえた蛇の尻尾をもってぐるぐると振り回しながら数を追いかけ回したりもした。

桜之助は数に応じる。

「はっ。この高瀬がおそばにお付き致すゆえ……」

「そばに乱暴者が居《お》るゆえ、気がかりなのじゃ」

「これはしたり……」

恐縮したふりをみせる桜之助に、数は笑う。

幼いときから数に仕えている老女も、数の笑顔にほっとしたような色を顔に浮かべる。

（その数が他家に再び嫁がねばならぬとは……）

桜之助は、数の身の上に思いを致しながら客人の直太夫のとりとめもない話を聞いていた。

屋敷の奥から大声が近づいてきた。

「主人殿《あるじ》……高瀬殿、本日は非番であろう……まもなく竹治郎も若君への御目見栄じゃ。以後は気やすく江戸見物もままならぬゆえ、皆で出かけようではないか……少々寒いが何というほどでもない……」

どたどたという無遠慮な足音が座敷に近づいてくる。

普段着のむさくるしい木綿《もめん》ものに身をつつんだ獅子右衛門は、座敷で桜之助に対している直太夫に気づき、「おっと……主人殿には客人であったか……これはこれは……」

とかしこまって挨拶をする。

工藤は獅子右衛門の闖入《ちんにゅう》にはっと居ずまいをただした。

「思わず長居を致し申した……以後、御昵懇《ごじっこん》にお願い致しまする」

再度、丁寧な辞儀をして帰ってゆく。

（獅子殿も、まんざら役にたたぬわけでもなかったわ……）

桜之助は心のなかで笑いながら獅子右衛門に頭をさげた。

十二

「高瀬殿、春には大川で船遊びなどはいかがかな。堤の桜を川から眺めて一献、などはさぞ面白かろう」

先をゆく獅子右衛門が振りかえり大声で話しかけた。

獅子右衛門は日に焼けて羊羹色《ようかんいろ》になった黒羽織に、寒さ除けのつもりが首に細長い毛織りものを巻きつけている珍妙な出で立ちだ。

往来をゆく者たちは皆、じろじろと獅子右衛門を見ながら通りすぎるが、当人はいたって平気だ。

獅子右衛門の袴も菜っ葉の切れ端のようにしなびている。

そのしなびた切れ端を、竹治郎がしっかりと握りしめている。

竹治郎は、平素忙しい桜之助に代わって相手をしてくれる獅子右衛門にすっかりなついている。

獅子右衛門に遅れまいと、ちょこちょこと細かく足を動かすさまは健気でかわいらしい。

桜之助は竹治郎に声をかけた。

「竹治郎、くたびれたであろう……無理せずに、もう屋敷に戻ろうぞ」

竹治郎に代わって獅子右衛門が再び振りかえり、大声で答える。

「なんの、もうすぐ上野のお山じゃ。清水堂《きよみずどう》の茶店の団子は旨いそうじゃ。竹も団子を食したいであろう」

竹治郎は獅子右衛門にむけて顔をあげ、嬉しそうににいっと笑った。

（食い物につられるとは……誰に似たのじゃ……）

桜之助は心のうちで苦笑した。

まだ六つになったばかりの竹治郎にとって、神田橋門外の屋敷から上野の山までの道のりはかなり厳しいはずだ。

道中、竹治郎におどけながら歩かせてくれた獅子右衛門の手並みはたいしたものだ。

上野の山の上にある茶店に三人並んで腰をかけ、江戸の町を眺めた。

遠くには富士が頭に雪をいただいた姿をくっきりと浮かびあがらせている。

「ほれ竹治郎……団子を食すときには、こうして懐紙《かいし》をあてごうて……」

桜之助は世話を焼こうとするが、竹治郎は獅子右衛門の真似をして、餡《あん》のたっぷりついた団子の串を横ぐわえにしてぐいとしごく。

口のまわりについた餡を、これも獅子右衛門の真似をして手の甲で拭き取る。

(これでは奈菜に叱られるわ……)

桜之助も真似をして団子の串を横ぐわえにしてしごいた。

(なるほど、団子はかようにして食うと格別なものじゃ……)

帰りはさすがに竹治郎もくたびれたようだ。

桜之助は竹治郎を背負《おぶ》った。

(ん……なかなか重いの……)

桜之助と並んで歩く獅子右衛門は穏やかな笑みを浮かべてしみじみと呟いた。

「よいものでござるな……拙者にも子があれば、の……」

時おり、獅子右衛門は繰り言を口にする。

「拙者も齢《よわい》五十を超えた……村松の家をいかがいたそうかと思案しておったところじゃった……」

「なんでも、獅子殿の弟御のところから御養子を迎えるはこびになったやに聞き申しましたが……」

「さよう」

獅子右衛門の声は明るかった。

「国家老、生駒監物さまのお取りはからいでの……これで村松の家も安泰じゃ……」

獅子右衛門は、何度も何度も「ありがたいことじゃ……」をくり返したあげく、ぽつりと呟いた。

「もうこれで拙者は、いつ死んでもよいわ……」

「獅子殿、なにをおおせられます。われらは年明けには若君とご対面し、御守役をつとめねばならぬ身でございまするぞ」

「いやまあ……そのあたりのところは……そこもとにおまかせ申すわ」

獅子右衛門は大きな口をあけ、はっはっはと声をたてて笑う。

桜之助の背中でいつのまにか寝入っていた竹治郎は、獅子右衛門の大声に驚いたのか、びくんと頭をあげた。

十三

どこかで火があがったらしい。

半鐘《はんしょう》が打ち鳴らされている。

昌平橋《しょうへいばし》を渡り土井能登守《どいのとのかみ》さまの屋敷の前にさしかかると、騒ぎはひときわ大きくなっている。

昌平橋から神田橋にかけての一帯は大名旗本の屋敷が並んでいる。

どの屋敷からも小者や若党が飛びだして、火の手を見きわめようとしている。

桜之助は竹治郎を背負ったまま足を速めた。

「お屋敷が大事なくばよろしゅうございますが……」

「屋敷の西には火除地《ひよけち》があるゆえ……まあ、大事なかろう」

江戸の町のところどころには、火の手を食い止めるために空き地のままにしてある火除地や道幅の広い広小路がある。

屋敷から物見にでたものたちの話を聞いていると、火の手があたり一帯におよぶ気づかいはない。

桜之助と獅子右衛門は歩をゆるめた。

稲葉丹後守《いなばたんごのかみ》さまの屋敷のあたりまでくると、本多家上屋敷は目と鼻の先だ。

念のためにまだ門外で物見をする者たちが往来に出ている。

西の方角から高張り提灯を何本も押したてて駆けてくる一団があった。

そろいの白鉢巻きにたすき掛けも勇ましく、捕り物にでも打ち出そうかという勢いだ。

提灯に描かれた定紋は左藤三つ巴。

獅子右衛門が面白そうに呟いた。

「ははぁ……さしずめ清水門から参ったか……」

一団は足を停めた。

ただひとり馬に乗っている者が、あたりに響きわたる大声で呼ばわった。

「火付盗賊改、長谷川平蔵でござる……御役目のほかではござりまするが、火事の御見舞いに参上仕った」

年のころは四十《しじゅう》歳半ばか。

小太りで柔和な顔の男だ。

(この男が火盗の長谷川平蔵か……)

「火の手は収まり申してござります。まずはご安心を……」

桜之助も火事の折の長谷川平蔵の振る舞いを耳にしていた。

火事に際しては、定法では町火消しや大名火消しが消火にあたる。

火付盗賊改の出番などはないはずだが、平蔵は長谷川家の定紋付きの高張り提灯を押したて、配下の者たちを引き連れて江戸の町々に飛びだしていく。

火事見舞い、と称して歴々の屋敷には菓子や弁当を届けたりもするらしい。

また平蔵の提灯は、江戸の町のあちらこちらに時を同じくして現れるという評判だ。

(己の名を売り込もうという魂胆か……あさましい……)

獅子右衛門がつぶやく。

「火盗の姿を目にせぬ日はござらぬな。御役目熱心で、結構なことじゃが……」

農村から流入する者たちでふくれあがった江戸の町の安寧は、平蔵率いる火付盗賊改の働きでなんとか保たれているとは世間も認めるところだ。

白河殿はさらに、江戸に住みついた農民たちを国元に返すべく心を砕いておられるが、なかなか実を結ばぬ。

「拙者も田舎に暮らしておったゆえ、わかるが、の……」

獅子右衛門が続ける。

「いったん江戸に出てきた百姓は、もう村には戻らぬわ……田畑相手の日々に比すれば、江戸暮らしは楽しゅうござるで、の……」

獅子右衛門の声は少し大きくなった。

「田畑相手の日々が報われねば、江戸に流れこむ者も止まりますまい」

桜之助は獅子右衛門の言葉に深くうなずいた。

江戸に流れ込んだ者たちを村に返そうとするならば、村での暮らしが安楽で報われる形を作らねばなるまい。

村を厭《いと》うて江戸に出てきた者たちに、ただやみくもに元に帰れと命じるだけの白河殿のやり方はうなずけない。

ましてや白河殿は、有無を言わせぬ力でねじ伏せようというところがおありになる方のようだ。

(さしずめ火盗が白河殿の旗印、か……)

桜之助は馬上の平蔵に目をやった。

平蔵は柔和な顔を崩さず周囲に目を配っている。

(かように己《おのれ》の顔と名を売って、いかがいたすつもりなのじゃ……長谷川平蔵……)

桜之助は馬上のかたわらにつき従っている羽織姿の同心に気がついた。

田中から江戸に戻ってくる折、桜之助のあとを付けてきたふたりの男のうちのひとり、年かさの男だ。

おそらく、寄合の夜に桜之助を付けてきた男も同じだろう。

同心が目をあげた。

竹治郎を背負っている桜之助の姿を認めたようだった。

同心は眩しそうな目つきをすぐにゆるめた。

口元もほころばせている。

(こ……こやつ……笑っておるのか……)

同心は馬上の平蔵と同じく、柔和な笑みを浮かべている。

桜之助に向けて、会釈をするかのように顎をわずかに引いてみせた。

「さあ高瀬殿……いかがいたしますかな……」

桜之助は同心が告げる声をはっきりと聞いた。

「お相手は我ら火盗……遠慮は御無用ですぞ」

「お、応《おう》ッ……」

桜之助も心のうちで応じた。

(事情はまったくわからぬが……そろそろみどもも動かねばならぬ次第になったようじゃ)

第二章　粋侍《すいざむらい》

一

あと十日ほどで年が明ける。

本所には久方ぶりに足をむける。

桜之助は七ッ（午後三時過ぎ）に屋敷を出た。

桜之助の足ならめざすところまでは一時《いっとき》（およそ二時間）はかからぬはずだが、暮れの浅草寺《せんそうじ》界隈をゆっくりと歩き、人出のなかに身を浸してみたくもあった。

一年でいちばん寒い時季だ。

桜之助は奈菜がもたせてくれた羅紗《らしゃ》の首巻きを着けている。

首巻きなどはなんとも爺むさい……と思うが、江戸の暮れの冷たい風をよけるには都合がよい。

（なんにせよ、女房殿のいうことは聞いておくものじゃ）

桜之助は首巻きを上げ、顎のあたりまですっかり覆って歩いた。

首巻きにあたる呼気が温かく心地よい。

霜月の酉《とり》の市が終わると世の中もいっきに迎春の準備で慌ただしくなる。

江戸の町のどの通り、どの小路《こうじ》にも忙しそうな人が行き来する。

桜之助の目には、行き来する人たちの足取りや発する声が、常の年に比べてどことなく重く、勢いがなくなっているように思えた。

（田沼さまの御治世では、皆もそっと、楽しげであったのに……）

桜之助は、江戸留守居役のなかの歴々への年始に持参するために菓子舗や酒屋で切手を購《もと》めると、足を浅草寺の境内にむけた。

本堂の観世音を参拝して広い境内を歩く。

以前に何度か立ち寄った茶店に腰をおろす。

茶を運んでくれる婆さんの腰が、以前より曲がっているように思える。

腰をおろす縁台も、こころなし傾いているのか尻が落ちつかぬ。

桜之助は茶代を縁台に置き立ちあがった。

遠くから茶店で休む桜之助の様子を見まもっていた物乞いたちが何人も集まってくる。

「旦那さまあぁ……どうぞお志を……」

「哀れなものでごぜえます……おめぐみをぉ……」

わらわらと集まってきた物乞いたちが桜之助を取りかこむ。

「押してはならぬ、押すではないぞ……」

四方八方から汚れきった黒い腕が何本も突きだされる。

桜之助にむけられた掌だけが白い。

桜之助は時節はずれの花に取りかこまれたようだ。

桜之助は懐から革袋を取りだした。

革袋には、物乞いにほどこすための四文銭をたくさん入れている。

敬愛する田沼山城守さま、いや、桜之助と接するときには旗本の三津田兵衛にならった習慣だ。

桜之助も平素の心得として四分金の何枚かは懐中にしのばせている。

が、物乞いは高額な四分金などめぐんでもらっても持てあますだけだ。

「こうしての、かのものたちが使いやすかろうと、波銭を集めて持ち歩いておるのでござるよ」

兵衛の笑顔が目に浮かぶ。

桜之助は革袋から銭をつかむと、突きだされている掌の花のひとつひとつに何枚かずつを置いていった。

桜之助は物乞いのひとりに訊ねた。

「そなたも村から江戸に流れてきたのか……村には戻らぬのか……」

「へえ……」

物乞いはおどおどと目を伏せて答える。

「村サ帰《けえ》ったところで、良《え》えことも、何《なあ》ンもごぜえませんで……」

「さようか……」

白河殿がしきりに倹約や風俗の取り締まりをされている。

お上がやかましくなれば、江戸の町はどうしてもさびれ、人心も冷えこむ。

実は白河殿は、江戸を寂れさせようともくろんでおられるとも聞く。

江戸が住みにくくなれば、田畑を捨てて各地から流れこんできた百姓たちが村へ帰り、もとのごとく農作業につく。

各地に放置されている手余り地が復興し、作物も豊かになる。

さすれば米をはじめ諸色《しょしき》は安定し、江戸に暮らす職人やあきんどもうるおう。

江戸もそのうちに繁栄する、というのだ。

（さてさて、白河殿のお考えのようにうまくいくかどうか……）

桜之助は首をひねらざるを得ない。

下総相馬の代官をしていた獅子右衛門も、いったん田畑を捨てた百姓は村には戻らぬと話している。

また目の前の物乞いも村に戻ったとて「良いことは何ンもござんせん」と言い放った。

ただ白河殿は、ご自身のもくろみの正しさをただひたすら信じておられる。

ご自身の仕置きの妨げになるものは何がなんでも排除するという強い御意思のもと、江戸の町の取り締まりに目を光らせておられる。

浦会は子供の病除けのお札を撒いて天下の落ち着き具合をさぐってはみたが、白河殿の天下にゆるぎはみられなかった。

（しかし、力では世の中は……人心は、動きませぬぞ……）

げんに白河殿によって解散を命じられた江戸留守居役の寄合も、素知らぬ顔で互いに連絡を取りあって行き来を続けている。

公儀の大部分が煩瑣《はんさ》なしきたりや前例によって成り立っているからには、江戸留守居役同士の連絡がなくなればたちまち物事が立ちゆかなくなるのだ。

気負い立つ白河殿をよそに、江戸留守居役は目くばせを続け、陰で舌を出している、といったありさまだ。
（白河殿の気負いが、さらに激しくなろうものならどうなることか……）
日の傾きから、まもなく暮れ六ツ（午後五時過ぎ）と知れる。
どうやら霊巌寺《れいがんじ》の鐘が鳴るまでにめざすところにたどり着けそうだ。
桜之助は首巻きを耳の下までもちあげ、足を速めた。
『大乃』のたたずまいは以前と少しも変わらなかった。
小路にむけては枝折《しお》り戸があるだけなので、知らぬものなら通りすぎてしまうだろう。
枝折り戸からは飛び石が続いている。
飛び石の左手の笹垣や右手の前栽《せんざい》は、いつものようにきちんと手入れされている。
前栽から赤い小さなセンリョウの実がわずかに飛びでている。
赤い実を支えるセンリョウの枝の葉は江戸の寒風に艶やかな青い葉を振るわせている。
桜之助の目には青い葉がいかにも潔く映った。
「お待ち申しておりました」
植え込みの奥から声がかかった。
低く、柔らかい声だ。
「まもなく霊巌寺の暮れ六ツの鐘も鳴りましょう……皆さまもお揃いで……」

声の主が姿を現した。

桜之助より十歳《とお》ほど年かさで、でっぷりと肥えた男だ。

餅のように色が白く、柔和な笑みを浮かべている。

『大乃』の主人《あるじ》、定九郎だ。

桜之助が『大乃』に足を運ぶのは六年ぶりになる。

定九郎は、六年以前と同じく、何ごとでもないかのように桜之助を迎えてくれた。

桜之助も定九郎にあわせ、ただ短く「うむ」と応じた。

枝折り戸を開ける定九郎は、往来から小路に入る口に細い目を走らせた。

糸のように細い定九郎の目に、かすかに鋭い光が走る。

桜之助は定九郎に告げた。

「みどもも浅草寺のあたりで気づいた。おそらくは神田橋門外の屋敷からつけてきたのであろう……ふたりじゃ」

定九郎は「そのようでございますな」と応じた。

おそらくは火盗の同心だろう。

すぐにことを起こそうとするわけではないが……と桜之助は定九郎に告げる。

定九郎は細い目をようやく三日月形にして笑った。

「浦会のお歴々も火盗にあとをつけられるためしが続いております……まあ、お武家さまには手出しはいたしますまいが、手前のような町人は危のうございます。内記さまよりも、くれぐれも用心をおこたらぬようとのお申し付けで」

「よもや定九郎殿に手抜かりなどあろうはずはござらぬが……」

桜之助は定九郎のあとについて飛び石を伝っていった。

定九郎は、播州赤穂浅野内匠頭《ばんしゅうあこうあさのたくみのかみ》さまの江戸家老だった大野九郎兵衛知房《おおのくろべえともふさ》の孫だ。

百年近く以前、吉良上野介《きらこうずけのすけ》に刃傷《にんじょう》に及んだ浅野内匠頭は切腹、お家は断絶した。

浅野家の家老、大石内蔵助《おおいしくらのすけ》以下四十七人の赤穂の浪士が吉良上野介の屋敷を襲い主君の仇を討った快挙は大いに称えられている。

仇を討った大石とひきかえ、大野九郎兵衛は卑怯にも仇討ちには加わらなかったとして世のそしりを受ける。

実は大野は秘かな動きにより赤穂浪士の快挙を陰から助けていた。

裏切り者のそしりを顧みずにはたらいた大野を物心両面から支えた者たちがいた。

裏で動くものたち、裏会、すなわち『浦会』だ。

浦会は江戸の町が赤穂義士に喝采をおくることで、天下の平穏が保たれるよう画策したのだ。

赤穂浪士支援の拠点ともなった九郎兵衛の住処は以後、『大乃』と称する料理茶屋として浦会の面々が寄るところとなっている。

桜之助は定九郎について『大乃』の廊下を歩く。

たてきった障子戸の前に膝をついた定九郎は、両手をそえて障子を開けた。

桜之助の目の前の座敷の様子は、六年前と変わってはいない。

六人ずつ向かい合わせに十二の座がもうけられている。

床の間にむかって左側の最上位には服部内記が座を占めている。

内記からひとり置いた、左側の中央と右側の下座だけが空いたままになっている。

桜之助は、迷わず左の中央の座についた。

桜之助の定座《じょうざ》だ。

顔をあげて座敷を見まわす。

内記の向かい、次席格の松山主水をはじめ、懐かしい面々が桜之助を見まもっている。

皆、無言のままだが、親しみのこもった眼差しは温かい。

低く重い鐘の音が座敷に響いた。

霊巌寺の暮れ六ツの鐘だ。

内記から声がかかった。

「それ」

居ならぶ者たちは掌にのるほどの小さな円盤を取りだすと、各々の前に置いた。

桜之助も懐にしのばせている袱紗から銀色の円盤を取りだした。

銀の円盤には『欣』の一文字が刻まれている。

各々が所持している円盤は刀の鍔だ。

古鉄、金、銀の鍔に、神君家康公の旗印からとった『欣求浄土』から一文字ずつが刻まれている。

鍔は『浦会』に属するものの証だ。

桜之助は、『欣の銀鍔』。

内記は一座を見回し、重々しい口調で告げた。

「揃いましたな」

二

浦会は内記が常に口にするように、「えもいわれぬ世の不安や不満をいちはやくかぎ取り、天下の安寧を図る」ための集まりだ。

赤穂浪士の快挙を成しとげた元禄の御代も、常憲院《じょうけんいん》さま（五代将軍徳川綱吉）の治下、生類憐れみの令や側用人《そばようにん》柳沢吉保《やなぎさわよしやす》の専横などに世が倦んでいた。

浦会が動き赤穂浪士に本懐を遂げさせ、世の喝采を集めたのだ。

えもいわれぬ不安や不満は、はけ口をつくればいったんは収まる。

神君家康公が忍びの頭目、服部半蔵に命じて作らせた浦会は江戸開府以来、二百年近くにわたって世に吹く風を見続けてきた。

公儀の仕置きが変われば、また新たな不安や不満が世に満ちるは必定だ。

（こうして浦会は、徳川の御代の未来永劫にわたって動き続けるのか……）

桜之助は浦会について考えをめぐらすと、漆黒の闇の渦巻く淵をのぞき込むような思いにとらわれる。

六年前、田沼山城守さまを死に追いやることで天下の安寧を計った浦会だが、今はまた、白河殿の治下、天下にわだかまりはじめている不穏な風を吹き払わねばならぬときが近づいている。

（まるで終わりのない修羅道ではないか……）

帯びさせられた役目の苛酷さとはうらはらに、平素の浦会の集まりは至極穏やかで、また楽しい。

江戸留守居役の寄合のように古参新参のへだてを口にするものもなく、皆が同等に酒や料理を楽しみ、世上のことなどを忌憚《きたん》なく口にしあう。

六年ぶりだったが『浦会』の居心地の良さは同じだった。

『浄の古鉄』の持ち主、仙台伊達家の江戸留守居役、後藤頼母が桜之助に訊ねる。

「高瀬殿のところの留守居役の寄合は、相変わらず派手にされているようでございますな……わが伊達家が属する寄合は臆病者……いや……公儀御大事の御家中が多《おお》ござっての、寄合もしばらくは見合わせるという次第で……おかげでほれ、こたびの将軍家（第十一代将軍徳川家斉）と島津家息女の篤姫《あつひめ》さまとの御婚儀……将軍家には格別ながら、島津家に対する祝儀は、他家ではどのようになさるのかいっこうにわからず難儀な話じゃ……」

桜之助はすかさず応じた。

「それにつきましては、みどものところの寄合では『祝儀は見合わする』と申し合わせたところでございます……なにしろ白河殿の御流儀は『よろず質素倹約』でございますからな」

「なるほど、白河殿のお墨付きでございますな。祝儀を見合わするとなれば、当家の台所も大いに助かり申す。さすがは白河殿でございまするな」

　周囲から笑い声が起こる。

　定九郎が桜之助の前に膝をついた。

「高瀬さまも、江戸留守居役の御役目柄、御酒《ごしゅ》がずいぶん進むようになられたのではありますまいか……以前はすぐに、『酒はもうよいので、白飯をたのむ』でございましたからな」

　桜之助は、「いや、相変わらず酒は苦手だが……せっかくの主人《あるじ》の志ゆえ、一献いただこう」と応じて、定九郎が差しだした白磁の徳利を杯で受ける。

『求の古鉄鍔』の持ち主で浦会では服部内記に次ぐ重鎮の松山主水が向かい側から声をかける。

「高瀬殿も留守居役の御役目柄かは存ぜぬが、品川あたりではずいぶんとよい顔になっているそうではござらぬか……ははは……品川芸者《みなみ》のうちでは、『神田橋御門の桜さま』に岡惚れしておるものも多いと聞きおよんでおりまするぞ」

「な……なんと仰せらるるか松山殿、滅相もない」

「いやいや、定九郎のさした酒をひと息で空ける飲みっぷりなどは、六年以前とは見ちがえるようじゃ……なかなか修行を積んでおられるとお見受け申す」

平素は謹厳な松山主水の軽口に、桜之助の周囲には笑い声が起こった。

定九郎も細い目をさらに細くして桜之助に語りかける。

「浦会の皆さまも、高瀬さまに久方ぶりにお会いして嬉しいのでございますよ……ことにご老人が……」

座敷の上席では、内記がひとり、背筋を伸ばしたまま静かに杯を重ねている。

内記は浦会を率いるものとして、「えもいわれぬ世の不安や不満をいちはやくかぎ取り、天下の安寧を図る」という目的のために常に冷酷な判断を続けねばならぬ。

(修羅道の主《ぬし》か……)

内記は宴の歓談にも加わろうとはせず、ひとり黙って杯を重ねている。

定九郎は続けた。

「田沼山城守さま……いえ、三津田兵衛さまの座、『土の銀鍔』は空いたままでございます」

桜之助は座敷のいちばん端の席に目を移した。

そこにはいつも三津田兵衛が穏やかな笑みを浮かべて座っていたはずだ。

桜之助は、座談を楽しみながら酒や料理をゆっくりと味わう兵衛の姿を片時も忘れてはいない。

公儀の枢要の方々は、むろん浦会の存在を承知している。

浦会も、いざというときにことを進めるには公儀の奥深くと通じておく必要がある。

田沼主殿頭意次さまが権勢を誇っておられたときには、子息の山城守さま、三津田兵衛を迎えいれていた。

定九郎は桜之助に告げた。

「白河殿のゆかりの方に『土の銀鍔』を、と申し出たところ……」

定九郎の細い目が光を帯びる。

「『浦会とか申すものとの関わりは無用』と、一蹴された由にございます。また、『公儀はひとつあれば十分』とも……」

「なんと……『公儀はひとつあれば十分』とは……つまりは……」

白河殿の浦会に対する敵意は明白だ。

桜之助は訊ねた。

「で、ご老人はなんと……」

「『神君家康公までをも害し奉った浦会なくして徳川の世は保たれまいに……』と……」

神君家康公は、桜之助が仕える駿河国田中で、地元の漁師が献上した小鯛のてんぷらにあたって命を落とされたとされる。

てんぽうらなる南蛮料理を用意した人物は、上方の豪商、茶屋四郎次郎《ちゃやしろうじろう》。四郎次郎も当時の浦会に名を連ねていたものだ。

桜之助は呟いた。

「白河殿は火盗をつかって浦会を殲滅《せんめつ》させせんとされておるのか……」

浦会は六年前、田沼山城守さまこと三津田兵衛を犠牲にして世にわだかまる不安や不平の鎮静を図った。

だが今では世の不安は消えぬままに、浦会が公儀から排除されようとしている。

ひとり杯を重ねる内記は、己が率いる浦会の無力をかみしめているかのようにもみえる。

桜之助は、誰にともなくつぶやいた。

「三津田兵衛殿の死は、果たして世のためになったのであろうか……」

定九郎は答えなかった。

代わりに、かたわらに置いた小さな器を桜之助に勧める。

「寒鯉のあらいにございます。歯ごたえが実によろしいと、兵衛さまも好んでおられましたもので……」

白い鯉の身に卵色の酢味噌がかけられている。

「兵衛さまは酢味噌の具合には、ことのほかやかましゅうございました……甘くしすぎるとお叱りを受けたものでございます」

桜之助は酢味噌をまぶした鯉の身を口に入れた。

鋭い酢の味で背筋が引きしまるようだ。

桜之助は寒鯉の身を嚙むと、定九郎がさしてくれた酒で腹のなかに流しこんだ。

三

桜之助はいつになく酒を過ごした。

浦会の席に三津田兵衛の姿がない寂しさはあるが、以前と同じく迎えいれてくれた皆の心根が嬉しかった。

武家伝奏、久我家に仕える公家侍の浜島新左衛門も変わらぬおどけぶりだ。

「高瀬はん、今宵はとことんイキまひょ」

ずいぶん酔っているらしい口ぶりとはうらはらに、新左衛門は生白い顔色ひとつ変えてはいない。

頭の上で巻いて立てた髷を振りたてながら桜之助に白磁の徳利を突きつける。

「わての酒が飲めまへんのか……ああ、情けのうおます……以前《まえ》には高瀬はんの御難儀やゆう話で、はるばるお国元の駿河の田中までお力になればと駆けつけた、この浜島新左衛門の心意気をお忘れなされたンでっか」

「いや浜島殿、忘れてはおらぬて……あの折は、助かり申した……」

桜之助も新左衛門にあわせ、大仰《おおぎょう》に頭をさげる。

新左衛門は同じく盗賊あがりの不乱坊と力をあわせ、本多家国家老の生駒監物が江戸から呼び寄せた能役者、結崎太夫の動向を桜之助に逐一知らせてくれていた。

桜之助に頭をさげられた新左衛門は、いよいよ鼻高々だ。

「稲葉小僧……いや違《ち》ゃう……不乱坊はんと、能舞台の床下やら、生駒監物の屋敷の天井裏やらに忍びこんで、ずうっと結崎太夫たらゆう男の動きをさぐりましたんヤ……あ、しんどかったワ」

桜之助は田中の蓮花寺池《れんげじいけ》の畔《ほとり》で結崎太夫と雌雄を決した。

蓮花寺池に消えていった死骸はついにあがらなかったが、結崎太夫の脇腹に突きたてた短刀の感触は、いまだに桜之助の手に残っている。

新左衛門も役にたったことがあったのじゃのう……と座敷からからから声がかかる。

新左衛門が、「さいでおま……あても、ヤルときはヤリまっセ」と返す声にさらに笑いがおこる。

浦会は天下の風向きを図るために、江戸の町のあちこちで子供の病除けと称するお札を連日撒き続けた。

「上野の弁天サンに目黒のお不動サン、富岡の八幡宮に神田明神、日枝《ひえ》神社……色んなトコのお札をこさえて、あちこちの長屋の屋根の上から撒いたんでッセ」

新左衛門は毎日、日が昇りきる夜明け前あるいは日没前の夕間暮れ、ひらひらと白いお札が宙を舞うさまがはっきり見える時刻を狙ってニセのお札を撒き続けた。

「おかげで神社やお寺サンにはお参りが押しかけて、たいそう繁盛したようでっけど……あてひとりがしんどい思いをさせられましたワ……」

だれかが新左衛門をからかうかのように口をはさむ。

「われらのお札に続き、次には奇妙な似せ絵が流行るとは、の……」

「しかも新左衛門も、例の何とかと申す能役者より似せ絵を送りつけられるとは、いささか、心細かろうの」

座敷中から笑い声が起こる。

桜之助は顔をあげた。

声は続く。

「似せ絵を送りつけられたままでおるものは、日を置かずして死すとの話じゃぞ……」

「ははは……新左衛門も、いよいよ果無《はかな》くなり申すのかの、気の毒に……」

江戸のあちこちでは似せ絵は武家町人を問わず怖れられているが、浦会に集まるものたちは一向に意に介してはいない。

新左衛門も盗っ人あがりだけに胆《きも》がすわっている。

からかい声にもいたって平気だ。

かえって懐から取りだした半紙を桜之助の目の前に突きだした。

「ほれ、高瀬はん、見てみなはれ……よお描けてまっしゃろ……」

桜之助は新左衛門の差しだした半紙に目を落とした。

一筆で一気に書きあげたかのような無造作な絵だ。

なにかの拍子に新左衛門が背後を振りかえった刹那《せつな》を写しとったようだ。

なるほど、首から上だけが半紙一面に描かれている。

ただの似せ絵ではない。さしずめ大首絵、とでも称するところだ。

きょとんとした目を少し見張っている。口はうっすらと開いて、なにかをしゃべり出しそうだ。

生き写し、という風ではない。むしろ戯《ざ》れ絵《え》とでも評したいほどだが、絵からは新左衛門の身体の熱さや匂いまで発せられているかのようだ。

「これでわても、あと何日かでこの世とおさらばだそうでおます」

桜之助はへらへらと笑っている新左衛門に告げた。

「返しにいこうではないか」

「へっ……」

新左衛門はいぶかしげな顔を桜之助に突きだした。

「似せ絵を送りつけられても返せば難を逃れると聞き申しましたぞ。三十六計逃げるにしかず。みどもも同道仕る」

「はぁ……」

席を隔てたところから、服部内記の声なき声が聞こえる。

「ふふ……それは面白い。それでこそ高瀬桜之助じゃ……」

あいまいな声でうなずいた新左衛門に、桜之助はしかと念を押した。

「阿波蜂須賀公お抱えの能役者、斎藤十郎兵衛と申すものに、みどもも会《お》うてみとうござる」

四

斎藤十郎兵衛の住まいは八丁堀地蔵橋（現在の日本橋茅場町二丁目、三丁目あたり）だ。

阿波徳島二十五万七千石、蜂須賀阿波守さまお抱えの能楽師という。

阿波守さまは南八丁堀に広大な下屋敷を拝領しているが、十郎兵衛はほど近い地蔵橋の同心屋敷の一角を借りて住んでいるという話だ。

八丁堀といえば江戸町奉行の配下である与力や同心の組屋敷が並んでいる。

与力や同心は屋敷の一角に長屋や町家をつくり町人に貸していた。

新左衛門は桜之助にささやいた。

「八丁堀はなんや、落ち着きまへんなァ……」

桜之助は笑って応じる。

「それはそなたのような……者には、な……」

そなたのような盗人あがりの者には、という言葉は心のなかだけで口には出さぬ。

「いえナ……与力やら同心やらを怖がってなどいますかいナ……」

新左衛門は、ううっとうめくと首元をかきあわせた。

ただ冷気を防ごうとしただけではなさそうだ。

「能役者衆とゆうと、どうしてもあの……結崎太夫を思い出して……薄気味の悪い男でおましたナ……」

「うむ……」

結崎太夫の名に、桜之助も襟元をかきあわせる。

結崎太夫は徳川に恨みを抱きつづける真田左衛門佐信繁《さなださえもんのすけのぶしげ》、別名幸村《ゆきむら》の遺志を継いでいた。

「われら一門は、生きかわり死にかわり、徳川の世を乱しに乱すが望みでございます」

不敵な笑みを浮かべながら言い放った結崎太夫の不気味な言葉は、いまでも桜之助の耳の奥に残っている。

描かれた者は日を置かずして非業の死を遂げるという噂の似せ絵の描き手というだけでも、斎藤十郎兵衛という男は薄気味悪い。

どのような風貌かはわからぬが、結崎太夫のように研ぎ澄ました刃物のような妖気をただよわせているのではないかと思われる。

（決して油断はならぬぞ）

桜之助は心にいいきかせた。

十郎兵衛の住まいは、もとはまっすぐな板塀があったところをくりぬいてはめ込んだような家屋だった。

日当たりの良いところは家主の同心の屋敷となっており、暗く寒々とした一角を借りて住んでいるという体だ。

板葺きの屋根のところどころには草が生えている。

蜂須賀阿波守さまのお抱えといっても、わずか二十両五人扶持。ほうぼうの大名家での能の催しがあれば呼ばれていき、なにがしかのくだされものを拝領するだけでは身代を維持するだけで精一杯だろう。

案内を請うた桜之助と新左衛門の応対をした弟子らしい若者の顔色も、日頃ろくなものを食していないとでもいうかのように蒼《あお》い。

「どうぞ……おあがりを……」

桜之助たちを奥へいざなう声も聞きとりがたいほどか細い。

「ごめん」

桜之助と新左衛門は住居の奥に通された。

弟子の若者は黄ばんだ紙が貼られた襖の前に片膝をつく。

「御客人にござります」
か細い声で告げると、両手で襖を開けた。
「わぁ……」
桜之助の背後で新左衛門が声をあげた。
桜之助も、声をあげそうになるところをすんでの所でこらえた。
（こ……これは……凄《すさ》まじい……）
人ひとりがやっと横になれるくらいの狭い部屋だ。
壁の高いところの明取が白い光にくりぬかれている。
部屋には一面に、絵が描かれた反故《ほご》がまるで敷きつめられたかのように広がっていた。
紙の隙間から、わずかに黒光りした板敷きがのぞいている。
部屋中に所狭しと広がっている反古の真ん中に、男がひとりうずくまっていた。
男の右には墨汁を溶かした絵皿と絵筆が置かれている。
男は月代の伸びた頭をあげた。
桜之助と同じくらい、二十七、八歳の年格好だ。
男は桜之助と新左衛門をみとめると、すぐにあげた目を伏せてしまった。
男の顔はぶよぶよになったみかんのようにいびつに膨れている。

顔中に疱瘡の跡のあばたが広がり、ぶつぶつとした粟餅《あわもち》のようだ。おまけに皮膚の病なのだろうか、赤子がみさかいなくかきむしったあとのように顔中が赤らんでいる。

男はおどおどと目を伏せたまま、何かを言った。

もごもごとした音だけで、桜之助には何を言ったやら聞きとれない。

背後から新左衛門が高い声で問い返した。

「えっ……なんとお言いやったンでッか」

無遠慮な新左衛門の声に、男の顔は恥辱にあったかのようにさらにカッと赤味を増した。

「反古をどけて……どこでにでもお座りくだされ……」

今度は聞きとれた。

桜之助は新左衛門をうながし、二人が座れる分だけの反古をまとめて片づけた。

大刀を鞘ごと腰から抜きかたわらに置く。

「本多伯耆守家中、高瀬桜之助と申す」

「わては武家伝奏、久我右近衛大将信通さまにお仕え致します、浜島新左衛門と申します……よろしゅうに」

男は新左衛門の素頓狂な名のりにも不審そうな色は見せず、さらにおどおどと目を泳がせながら応じた。

「喜多座地謡方《きたざじうたいかた》……斎藤十郎兵衛……」

あいかわらずもごもごと聞きとりにくい声だ。

（なんともはっきりせぬ御仁じゃ……同じ能役者でも結崎太夫とはまるで違う……早く退散せぬとみどもも参ってしまうわ……）

桜之助は新左衛門から似せ絵を描いた半紙を受けとると、十郎兵衛に差しだした。

「この者が貴殿から似せ絵を描かれ申して……それ、世上でなにやら気味の悪い噂もあるゆえ気に病んでおります。お返し申しますゆえ、お収めを……」

十郎兵衛はおずおずと手を伸ばし、桜之助が差しだした似せ絵を受けとった。

目は桜之助にはあげず、新左衛門の半紙に落としている。

どこからか、奇妙な低い物音が聞こえてきた。

「ゲッゲッゲ……」

夏の夜に池で聞こえる蝦蟇《がま》の泣き声のようだ。

「ゲッゲッゲ……」

桜之助は十郎兵衛の様子をうかがった。

蝦蟇の鳴き声は、十郎兵衛の喉の奥から出ている。

新左衛門の似せ絵をいとおしそうに見いっている十郎兵衛の目の縁が、みるみるうちに赤く染まっていく。

口がうっすらと開き、涎《よだれ》が垂れてきそうだ。

蝦蟇と思えた声は、法悦のあまり十郎兵衛が発した笑い声だった。

十郎兵衛はようやく目をあげ、桜之助をみた。

目は充血してまっ赤になっている。

十郎兵衛は笑いをやめ、へどもどとした聞き取りにくい声で桜之助に告げた。

「いかにも……私の手になる似せ絵で……これを収めよとおおせで……収めよと……収めよとおおせであるからには……な、そ……それなりの……」

要領を得ぬ十郎兵衛の言葉に、桜之助が問い直そうとしたときだった。

新左衛門が背後からささやいた。

「高瀬はん……いくらか払え、と言うてまんのヤ」

新左衛門のささやき声に、十郎兵衛は嬉しそうに何度もうなずき、再び蝦蟇の鳴き声を喉から絞りだす。

(窮するあまりとは言え……浅ましい……)

桜之助は改めて十郎兵衛の様子を眺めた。

十郎兵衛は目をそらし、「お志で……いくらとは申しませぬゆえお志で……」とぶつぶつ唱えている。

「へえ……お鳥目《ちょうもく》だす……これであんじょう、収めとくんなはれや」

新左衛門が白紙に包んだ金を十郎兵衛の前に置く。

十郎兵衛は白紙を手にすると、ひょいと袂に放りこんだ。

(長居は無用じゃ)

桜之助は大刀をつかみ立ちあがる。

奥から老人らしい声が響いた。

「これ十郎兵衛、客人はまだおいでか……」

張りのある凜とした声だ。

桜之助は奥をうかがった。

老人の目が桜之助をとらえている。

十郎兵衛のように顔じゅうが膨れている様子ではないが、顔かたちが似ているところをみると父親だろう。

桜之助は暗がりから顔だけをのぞかせている父親にむけて軽く頭をさげた。

父親も頭をさげ、目をまっすぐに桜之助にむけた。ろくに目もあわせなかった十郎兵衛とは異なり、鋭い眼差しだ。

「十郎兵衛はんの親爺さん……与右衛門はんでっしゃろうかな……」

新左衛門が桜之助にささやく。

桜之助は襟元をかき合わせる。

冬の冷気のせいばかりではなかった。

五

明けて寛政二年（一七九〇年）。

若君とのご対面は一月の末（現在の三月初頭）と決まった。

竹治郎の御目見得も同時に行われる。

国元の田中からはさっそく、竹治郎に着せる小さな羽織袴が送られてきた。

高瀬の爺さまが喜んで指図する様子が目に浮かぶようだ。

爺さまからは竹治郎にあてた書状も届いている。

『見ン事、若君さまへの御目見得を果たし、高瀬の家名を家中に轟《とどろ》かせるよう』とある。

竹治郎は明けて七つになったばかりだ。

（家名を背負わされてもなあ……）と桜之助は苦笑した。

桜之助の実家の谷家からは、酒の角樽が届けられた。

谷家の当主となっている桜之助の兄からの口上によると、「竹治郎の羽織袴は高瀬家から贈られたと聞く。よって此度は酒で祝うこととする。竹治郎元服の折には、谷家からは大刀ひと振りを贈らせてもらう」との話だ。

「いやはや、なにやら周りが騒ぎまして……」

ご対面の儀の次第について藪谷帯刀さまから指図をあおいだ折に、桜之助はぽつりと漏らした。

「田中の高瀬の爺や、みどもの実家までが大騒ぎをいたしまして……大層に……」

帯刀さまは「あきれた奴だ」といわんばかりの口調で桜之助を叱る。

「若君御守役は大層な御役目じゃ。高瀬の爺さまやそなたの兄上殿のお気遣い、ありがたいことではないか」

「はあ……」

桜之助の頼りない返答に、帯刀さまも力が抜けたかのようだ。

「まったく……殿の仰せとはいえ、そなたに任せてよいものかのう……」

帯刀さまは気を取りなおして真顔になり、桜之助に念を押した。

「まあそなたもそなたじゃが……村松にも御目見得の折にはきっと疎漏《そろう》なきよう、きつく申し伝えるのじゃぞ」

桜之助は背筋を伸ばして請けあった。

「村松殿であればご心配は無用にございます」

普段はだらしのない獅子右衛門だが、さすがは田中では旧家で知られた村松家の当主だ。

御目見得のための衣服も早々に取り寄せていた。

また桜之助に、若君御守役拝命の挨拶をするべき家中の面々を教えてくれた。

携える引き出物も、相手の格に応じて細かく教示してくれる。

国元の高瀬の爺さまも、「獅子右衛門殿のおおせに従《したご》うておれば間違いなかろう」と安堵しているようだ。

桜之助の話に、帯刀さまもうなずいた。

「村松をそなたの相役として若君御守役にあてたは生駒監物殿の取り計らいじゃが……まずはよいほうに目がでたの……」

生駒監物は本多家を思いのままにしようと、あの手この手を繰りだしている。

まず白河殿のご意向を振りかざし、若君の生母で桜之助の幼なじみでもある数を離縁させた。

また伯耆守さまに側室をあてがって、意のままになる新たな世継ぎを立てようともくろんでいると家中の誰もが知っている。

若君の乳母は帯刀さまの妹御だ。間違いはない。

この先若君は、帯刀さまを筆頭にした家中の心あるものたちによって守られていく次第になる。

帯刀さまは桜之助に訊ねた。

「ところで若君のご生母、数さまがおわす永井家には……」

桜之助は若君とのご対面の前に、数が身を寄せている実家の永井家におもむく心づもりだ。

「せがれの竹治郎も若君のお相手として出仕致すはこびとなりましたれば、ご挨拶に……」

「それはよい。さぞご安心なさるであろう……心ならずもかような次第になったゆえ、殿も心を傷《いた》めておられるでな……」

帯刀さまは桜之助に力を込めた声で告げた。

「ご生母の御心が安まるよう、頼むぞ。高瀬」

摂津高槻三万六千石、永井日向守直進《なおのぶ》さまの江戸中屋敷は木挽町（東京都中央区築地一丁目）にある。

離縁された数が身を寄せている屋敷だ。

桜之助は数の幼なじみであるところから、主君の本多伯耆守さまの命により時おり数のもとを訪れている。

心ならずも離縁したかつての妻の無聊《ぶりょう》をなぐさめさせようとする伯耆守さまの御意志だ。

婚家から離縁された数のもとを訪れるものはほかにはいない。

桜之助が訪れると数は手放しの喜びようだ。

「桜之助さま」と幼いころと同様に呼びかけては、長年にわたって側に仕える老女に叱られている。

「これ、お嬢さま……伯耆守さま御家中の方でございますぞ……高瀬さま、とお呼びなされ」

たしなめる老女とて、数を「お嬢さま」と呼ぶ癖がどうしても抜けない。

数のまわりだけは時が停まったかのようだった。

桜之助にとって、懐かしく楽しい思い出が傷つけられることなくそのまま残されている。

桜之助の御守役拝命はもちろん、桜之助の子息竹治郎も若君にお仕えすると聞いて数の喜びはひとしおと聞く。

数は、桜之助に伴われて永井家中屋敷に伺候した竹治郎を目を細めてつくづくと眺めた。

「ほんに……うつくしい男子《おのこ》じゃこと」

竹治郎は、数の言葉にも微動だにもせずかしこまったままでいる。

「目などはいかにもきかぬ気そうな……ほほほ……お父上に似たのでございましょうが、口元などはふっくらとしてかわいらしい……」

数は桜之助に目を移して訊ねる。

「桜之助さまの御新造似、でございましょうか……国元ではお美しいと評判の……」

「さあ……どうでございましょうな……」

桜之助は懐紙を取りだし、額にあてて噴きでた汗をぬぐう。

（まったく女というものは、どうしてこうつまらぬことを訊ねるのか……竹がどちらに似ていようが、みどもは知らぬわ）

数は再び竹治郎に目をむける。

桜之助は横目で竹治郎の様子をうかがう。

かわいそうに、竹治郎は、やがてお仕えする若君の母堂の御前というので緊張の極みに達しているようだ。

目は見開いたまま、まばたきもしない。

口は固く結んだままだ。

顔もまっ赤になっている。

（竹治郎……まさか息もしておらぬのではなかろうな……）

老女が三方にのせた引き出物の硯箱《すずりばこ》を竹治郎の前に置いた。

金蒔絵《きんまきえ》がほどこされた立派な品だ。

桜之助にうながされ、竹治郎は前に手をつき声を張りあげる。

「ありがたきしあわせに存じまする」

子供らしい高い声が静かな座敷に響きわたる。

数は手を口にあてて笑った。

「どれ……お菓子もあげましょう」

再び老女が菓子盆を竹治郎の前に置く。

竹治郎の口元が、わずかにゆるんだ。

数は竹治郎の顔つきの変化を見逃さず、すかさず声をかける。

「お父上もお菓子好きの食いしん坊でおじゃった……そこもよく似ておりまするな……」

桜之助は返答もしかね、ただ懐紙で額の汗をぬぐうだけだ。

(ほれ、またつまらぬ話を竹の前で……数っぺは変わらずおちゃっぴいじゃ)

心のなかでこぼした桜之助だったが、数の笑顔は嬉しかった。

数は若君を永井家の中屋敷で産んだ。

生まれると間もなく若君は、本多家の上屋敷に引きとられている。

数は我が子を何度腕に抱くことができたのだろうか。

一緒に居《お》れば、菓子を与えて存分に甘やかしなどもできたろうに、母親らしい心根を味わえずにいたままだ。

(若君はみどもがお守り申す。数っぺ、安心することじゃ)

辞去する桜之助と竹治郎にむけて数は告げた。

「若子《わこ》を……若子をくれぐれも、頼みましたぞ……」

数の目には涙が浮かんでいる。

桜之助は「はっ」と改めて頭をさげる。

竹治郎は顔をあげ、数にむけて胸を張って大声で答えた。

「はいッ」

数の顔がぱっと輝いた。

「おうおう頼もしい……うれしく思いますぞ……」

涙にぬれた数の顔には笑みが浮かんでいた。

数の前を退いた桜之助を老女が呼びとめた。

「本日は御多用のなか……ありがとうございました……お嬢さまも、あのようにお喜びで……」

老女は袂で涙をぬぐう。

桜之助は小声で老女に訊ねた。

「なにか、ご心配ごとでもおありでござるか……」

老女はうなずくと、周囲をはばかるかのようにさらに小声になった。

「実はお嬢さまには……ご縁談が……」

実家に戻された数にいくつかの大名家との縁組みがあるという噂は桜之助も耳にしている。

不縁となった大名の子女が他家に嫁ぐは、ごく普通の成り行きだ。

「お嬢さまは……夫は伯耆守さまただひとりと、心に決めておられますが……こたびの縁組みはなんでも……越中守さまの強いお勧めゆえ、なかなか無碍にはお断りもしかねるという話でございまする……」

越中守白河殿は、万事がご自身の思うがままにはこばねば気に入らぬというご性分だ。

諸大名家の細かなところにまで口出しをし、意に従わせようというところはいかにも白河殿らしいなさりようだ。

「で、どの御家中にお輿入れに」

訊ねた桜之助に、老女はひそめた声のまま告げた。

「出羽本荘、六郷佐渡守さま……」

桜之助は竹治郎に告げた。

「本日は疲れたであろうが……父はあとお一方《ひとかた》、お目にかからねばならぬでな」

竹治郎は顔をまっすぐに桜之助にむけ、「はい。疲れてはおりませぬ」と元気に答える。

老女が先に立って、屋敷のさらに奥まった座敷に案内した。

昼でも満足に日が射さぬのではないかと思われる薄暗い座敷だ。

「おお、高瀬殿。待ちかねておりましたぞ……ご子息もご同道とのこと、旨い菓子も取り寄せ申したでな……」

迎えてくれた人物は、数の叔父にあたる左馬之介《さまのすけ》。

大名家でも、家督を相続できなければ『部屋住み』としてわずかなあてがい扶持を小遣いに、生涯を本家の屋敷のなかでおくらねばならぬ。

左馬之介は部屋住みのまま、齢はもう六十を過ぎている。

桜之助も子供の時分から、数と一緒によく遊んでもらった。

数にならって「叔父御《おじご》、叔父御」と慕っていた。

叔父御は桜之助と竹治郎を座敷に招きいれると、すぐに菓子盆と熱い茶を勧めた。

菓子盆には卵形の紅白の餅がのせられている。

米の粉、しんこに砂糖を混ぜてこしらえた新春の縁起物の鳥の子餅だ。

叔父御は真っ先に菓子盆に手を伸ばし、餅に食らいついてみせた。

「うむ。砂糖がよく利いておる……竹治郎殿もひとつ、おやりなされ」

竹治郎は両手で持った紅色の餅を囓ると、さも嬉しそうににいっと笑みを叔父御にむけた。

桜之助は竹治郎に「うむ」とうなずいた。

竹治郎は横目をつかって桜之助を見る。

叔父御は上機嫌に続ける。
「江戸の菓子は旨かろう……たしか駿河の田中、宇津ノ谷峠には十団子《とおだんご》という名物がある
そうじゃが、竹治郎殿は食したことはおありかな」
竹治郎は思いもかけずに故郷の菓子の名を聞かされ、さらにうれしそうに目を細めて
笑う。
「十団子は旨《うも》うございます……父上も大の好物じゃと、母《かあ》さまがいつも言いやっており
ました」
「そうか、お父上……桜之助殿も十団子が好物か。さすがは食いしん坊の桜之助殿じゃ、
あっはっはっは……」
薄暗い座敷だが、叔父御の心づくしによって明るく華やいでいる。
（相変わらず、お優しい方じゃ……）
おどけた口調や仕草で子供を笑わせる叔父御だが、剣の腕は並ではない。

桜之助も手合わせをしたら後《おく》れをとるほどだ。

桜之助は叔父御の人柄と剣の腕前を見こんで、大事の品を預けている。

桜之助は訊ねた。

「叔父御は近ごろは、謡のお稽古はいかがでございまするか」

食いかけの紅色の鳥の子餅を手にしたまま叔父御は答える。

「うむ。相変わらず下手の横好きで続けてはおるがの……」

叔父御は鳥の子餅の残りを口に放りこむ。

もぐもぐと口を動かしながら立ちあがると、床の間の違い棚に置いてある箱をあけた。

「ほれ……南條采女の形見の謡の稽古本も、このとおり……」

「拝見……」

桜之助は色鮮やかな端切れで装幀された謡本を手にとった。

南條采女は桜之助の前任の江戸留守居役だ。

同時に浦会にも属していたが非業の死を遂げている。

叔父御は桜之助に低い声で告げた。

「端切れの装幀は、剝がしてはおらぬ……か、か、かのものは中に納められているままじゃ」

桜之助は黙ってうなずいた。

かのものとは、中井大和守の手になる千代田の城の絵図面。

城内に入りこむ抜け穴が記されている。

公儀にとって、「えもいわれぬ世の不安や不満をいちはやくかぎ取り、天下の安寧を図る」などという浦会は目障りだが、かのもの、中井大和守の絵図面が浦会の手にある以上は手出しはできぬ。

絵図面が叔父御の手にあると知っている者は、桜之助ただひとりだ。

服部内記が桜之助を再び浦会に呼び寄せよう心を砕いた理由も、絵図面のありかを知りたいがためだろう。

徳川家将軍や白河殿以下の公儀と、時と場合によっては公儀の枢要にまで切り込んでいく浦会と、双方の死命は桜之助が握っている形だ。

絵図面の所在を確かめるためのやりとりも、竹治郎の前ゆえにそうとはわからぬやりとりで行っている。

叔父御は低い声で訊ねた。

「かのものの写しなどは、ほかにはないのじゃな」

桜之助はうなずいた。

「中井大和守は絵図面を描くにあたって、おらんだわたりの秘薬を用いた由にございます……いったん絵図面を開き光に当てれば、やがて跡形もなく消え去るという……」

中井大和守から二百年近く、浦会の秘宝の絵図面は誰の目にも触れることなく受け継がれてきている。

叔父御はかたわらの火鉢で沸かしていた鉄瓶から、急須に湯を注いだ。

茶の香りが座敷に広がる。

「天下を差配なされておる越中守さまというお方……すべてを思いどおりになさらねば気が済まぬ方らしいの……」

叔父御の言葉に桜之助も低く応じる。

「白河殿の天下となっても、世は良くなっているとは思われませぬ……むしろ……」

桜之助は言葉をのみこんだ。

叔父御の淹れてくれた熱い茶を啜る。

桜之助の耳の奥で、聞き慣れた服部内記の声が響いた。

『えもいわれぬ世の不安や不満をいちはやくかぎ取り、天下の安寧を図る……』

六

若君お目通りの日がきた。

桜之助は普段と同じく、竹治郎と差しむかいで朝餉の膳についた。

竹治郎は桜之助とふたりきりでいると気詰まりなのか、寡黙だ。

朝餉でも、黙々と箸と口を動かし続けているだけだ。

(竹治郎は黙って飯を食うので旨いのか不味いのかもわからぬ……が、それにしても子供のくせによく食べるの……)

桜之助は感心しながら汁椀を口に運び、若布《わかめ》の味噌汁を啜る。

奥からどたどたという足音が近づいてきた。

獅子右衛門が、朝餉の座敷と廊下を隔てる障子を挨拶もなく開けた。

「高瀬殿……それに竹治郎も、呑気に飯など食っている暇はありゃせぬぞ……それ……髪結いが待っておるで、順に頭をやってもらうのじゃ」

桜之助は口に含んだ汁をあやうく吹きだしかけた。

平素は月代は伸び放題。顎や喉にかけて胡麻をふりかけたような髭で覆われていても平気な獅子右衛門が見ちがえるようだ。

月代から顔にかけて、きれいに剃りあげられている。

髷もさわやかにきりりと締めあげられ、まずはひとかどの武士の姿だ。

「獅子……いや、村松殿……」

桜之助は感嘆の声をあげ、獅子右衛門をしげしげと眺める。

竹治郎もあっけにとられた顔つきで、箸と茶碗を手にしたまま獅子右衛門を見あげている。

獅子右衛門はふたりの視線に、いささか面映ゆそうに首の後ろをぼりぼりとかく。

「またふんどしが切れたゆえ、権助に頼んで主人殿《あるじどの》のものをお借り申した。許せ」

どっかと腰をおろした獅子右衛門は、さらに続けた。

「今朝は髪結いを呼んでおる……まだ待たせておるゆえ、ふたりとも頭をやってもらうことじゃ」

桜之助は箸を置いて獅子右衛門に答えた。

「それでございます、村松殿……大名屋敷に勝手に町方の髪結いを呼ぶなど、あってはならぬ話……明け方に門番にたたき起こされ、いたく苦情を申し立てられましたぞ」

武家では将軍にならって一日おきに月代を剃る者が多い。

桜之助が住まう大名屋敷ではみな小者や中間に頭を任せ、町方のような髪結い職人を使う者などはいない。

桜之助も権助に月代を剃ってもらい、髷をくり直すを常としている。

今朝は桜之助は夜の明ける前に門番にたたき起こされた。

六尺棒を手にした門番が、少しふくれた顔つきで桜之助に告げた。

「高瀬さまの御役宅に伺うと申して髪結い職人が参っておりますが、われらもなんの申し送りもなく、いかが致したものか、と……なんでも村松獅子右衛門さまがお呼びになられたとの話で……」

まだ寝たりぬところをたたき起こされた桜之助は、なんの話やらわからぬままに「通せ」と答えておいたところだ。

門番は「あらかじめ届けを出しておいてくれればよいものを……」という恨めしそうな顔つきで、軽衫《かるさん》姿で道具箱を抱えた髪結いを連れてきたのだ。

獅子右衛門は平気な顔で、「おおい、爺さん、わしにも飯を頼む」と大声で権助に催促をしている。

竹治郎は、見ちがえるようにさっぱりした様子になった獅子右衛門によほど驚いたようだ。

再び箸と口を動かしはじめはしたが、目は獅子右衛門にくぎづけになっている。

獅子右衛門は竹治郎にむけて笑みをみせた。

「竹治郎も前髪も整え、こうつと……後ろの髱《たぼ》も形良うしてもらえばよい男ぶりになるぞ……ほれ、早《はよ》う髪をやってもらうのじゃ」

「はいっ」

竹治郎は目を輝かせる。

残った飯を勢いよく片づけると、食後の挨拶もそこそこに立ちあがり飛びだしていった。

「これッ、竹……竹治郎ッ」

桜之助の呼びとめる声も耳にはいらぬ様子だ。

顔をあわせることの少ない父親の桜之助よりも、日々を一緒に過ごし、遊び相手になり、またさまざまな事柄を教えてくれる獅子右衛門の言うことをきくようになっている。

「致し方ない……が……」

桜之助には江戸留守居役の御役目がある。

始終若君のおそばについているわけにはいかぬ。

実際は日々、獅子右衛門が若君につき従う次第になる。

駿河の田中の名家ゆえ大きな間違いはなかろうとは思うが、若君が獅子右衛門流に育てられたりでもしたら……

「桜之助さま……若子をお任せ致しましたのに……なんという……」という数の恨みのこもった声が聞こえてくるようだ。

数の声に混じって、獅子右衛門の声が桜之助の耳に飛びこんできた。

「さ、高瀬殿も早う身支度にかかりなされ……ああ、御同役ながら、どうも手のかかる先が思いやられますぞ、はっはっはっは……」

正面、はるか先に一段高い御座がしつらえられている。

桜之助からみて御座の右には主君の伯耆守さま、左には羽織袴姿の子供の小さな姿が見える。

御座から左にさがったところに控えていた江戸家老、藪谷帯刀さまが伯耆守さまに告げた。

「若君の御守役をつとめまする者どもでございます」

帯刀さまの声に、桜之助は下げていた頭をいっそう深く垂れた。

桜之助の左手では、竹治郎も同じように頭を下げているはずだ。

桜之助は頭を下げたまま声を張りあげた。

「高瀬桜之助、ならびに相役、村松獅子右衛門にござります」

お目通りの際には桜之助が御守役としてご挨拶を言上せねばならぬ。

なにを申しあげようかあれこれ考えあぐねていた桜之助の様子に、獅子右衛門はことなげに言い放った。

『御守役を拝命致し身に余る光栄』だの『粉骨砕身、栄松君をお守り申しあげまする』だの、いらぬ世辞は口にせぬことじゃ……高瀬殿と拙者の名をなのり申しあげ、あとは平伏しておればよろしい」

「それだけで、まことによろしゅうございまするか……」

「おおかた、そうしたものじゃ。あとは殿や帯刀殿のほうより、何か仰せになるわ……」

獅子右衛門のいうとおりだった。

あとは帯刀さまが引きとって続けた。

「幸い、高瀬の一子竹治郎が若君と同じ年の生まれにございますれば、お相手にと……」

「竹治郎と申すか。面をあげい」

伯耆守さまからお声がかかる。

桜之助は顔を伏せたまま左に向け、竹治郎に合図をする。

竹治郎は顔をあげた。

親の桜之助でさえ主君への拝謁の場では気後れする。子供ながら、というべきか、素直な子供ゆえにというべきか、竹治郎は悪びれた様子もなく顔をあげる。

伯耆守さまは続けた。

「ふむ。よい男子《おのこ》じゃ。のう、帯刀」

帯刀さまは上機嫌な主君の声を、「はっ」と受け流す。

伯耆守さまの声は桜之助にむいた。

「若子も、ゆめゆめ池になど落とされぬよう気をつけてもらわばならぬ……のう、高瀬」

桜之助も平伏したまま、ただ「はっ」と応じるよりほかはない。

やむなく離縁はしたものの、伯耆守さまと数とは仲睦まじい夫婦だった。

伯耆守さまは子供のころの桜之助について、数より様々な話を聞かされている。

幼いころに数を池に落としたという話がよほど心に残っているのだろうか、伯耆守さまはことあるごとに口にされる。

(だから……みどもは数を池に落としたりなどしてはおらぬ……泣き味噌の数っぺが勝

手に落ちて騒ぎたてたまでの話じゃ……)

桜之助は平伏したまま心のなかでつぶやく。

伯耆守さまの声が少し改まった。

「高瀬、村松」

桜之助と獅子右衛門は伏せていた顔をあげた。

「余は江戸の屋敷に生まれ、世情にも通ぜぬまま家督を継いだ……若子にはできうる限り、市井《しせい》を見させてもらいたい。日々、喜び悲しむ民たちのありのままを、の……頼んだぞ」

桜之助と獅子右衛門は、同時に声を発した。

「はっ」

若君の居室は同じ上屋敷にある。

御乳母《おち》の人として帯刀さまの妹御が若君をお育て申した。

日々の召し上がりものも、万に一のまちがいもないよう、すべて御乳母の人が目を光らせている。

帯刀さまに似て目鼻立ちも聡《さと》そうな御乳母の人は、桜之助に告げた。

「殿からは、若君については以後は万事、御守役殿にお任せするよう念を押されております。が……」

御乳母の人は、桜之助から目を離さず続ける。

「ここ、御居間のなかにつきましては私どもが若君をお守りいたしまする。料理人やお側仕えの女中の端々にいたるまで、すべて確かなものばかり……御守役殿にはご存分に若君をお育て申してくださいますよう」

桜之助は両手をつき「はっ」と返答すると、身体を若君にむけた。

竹治郎より先にお生まれだけあって、身体は竹治郎より少しばかり大きい。

父君の伯耆守さまに似て負けず嫌いで癇《かん》の強そうな顔立ちだ。

「高瀬桜之助にござりまする……そしてこちらは……」

桜之助は身体を半身にひねると、獅子右衛門を若君に示す。

「村松獅子右衛門にござりまする。以後、われらふたりが若君をお守り致しまする」

若君は「うん」と大きくうなずくと、桜之助と獅子右衛門に声をかけた。

「桜じいと獅子じい、じゃな」

「みどもは桜じい……でございまするか……恐悦至極《きょうえつしごく》に存じまする」

桜之助は若君に応じた。

（やれやれ……みどもも爺《じい》扱いか……国元の高瀬の爺さまや奈菜が聞いたら大笑いじゃ

……)

背後では獅子右衛門が、爺扱いされた桜之助を笑っている気配がする。

(まあ桜じいでもなんでも、若君がみどもを慕《しと》うてくだされよいのじゃ……)

若君は居室の隅に控えている竹治郎が気になっておられる様子だ。

町方とは違い、大名の若君ともなれば平素ご自身と同年配の子供と接するなど絶えてない。

ちらちらと竹治郎にむける目には、正体がわからぬものへの少しばかりの怯《おび》えとともに、子供らしい敵意が混じっている。

若君の薄く平たい口がむずむずと動いている。

竹治郎に何か話しかけたいのだが、若君として育てられてきたなかで、むやみに目下のものに声をかけるものではないと教えられているのだろう。

若君に代わって桜之助が声をかけた。

「竹治郎。こちらへ」

部屋の隅でじっとしていた竹治郎も、わずかに年長の若君を間近で見たかったのだろう。

顔を少し紅潮させ、桜之助のかたわらにちょこんとなおった。

「若君……みどもの一子、竹治郎にございます……お見知りおきを……」

若君の目は竹治郎をとらえて離れない。

竹治郎も紅潮したままの顔を若君にむけ続けている。

若君の口が再びむずむずと動き始める。

若君の目が勝ちほこったように光った。

「余は……余は、のう……」

若君は鼻の先をそびやかした。

「余は母上には会えぬ……」

若君は、黙ったままの竹治郎を決めつけるような口調で続けた。

「母上は千代田のお城の向こう……ずっと向こうの屋敷に住まわれて居るゆえ、会えぬのじゃ」

「これ、若君……」

御乳母の人があわてて若君をたしなめる。

若君は、生まれるとすぐに母の数と引き離されている。

むろん御乳母の人は若君を厳しくお育て申しあげてきたにちがいないが、若君もいつの間にかむずかり方を覚えたのだろう。

「母上が……」といえば周囲のものは、いたわしさから頭を撫で慰めてくれていたに違いない。

(母親を恋しがる幼子には勝てるものではない……)

御乳母の人は若君をなだめにかかる。

「また赤子のようにおむずかりなされて……ほほほほほ……おかしゅうございますのう、若君……それ、桜じいも獅子じいも笑《わろ》うておりまするぞ……」

御乳母の人は横目で桜之助を見ながら、手を口元にあて空笑《そらわら》いをする。

若君の口元が細かく震えはじめた。

いまにも泣きだしそうな様子だ。

(御目見得の座で若君がお泣きになるとは……厄介な……)

御乳母の人にならって桜之助が若君をなだめようとしたそのときだ。

「竹治郎も、母さまには会えませぬ」

凜とした声が居室に響いた。

若君は竹治郎の言葉に、毒気を抜かれたかのようにぽかんとした顔つきになった。

竹治郎の顔はまっすぐに若君にむけられている。

すぐにまた若君の顔に勝ちほこったような色が浮かぶ。

「余の母上は、ずっと遠くにおわすのじゃ。千代田の城のもっとむこうに……」

「竹治郎の母さまも同じでございます」

言い放った竹治郎の声に、若君は完全に毒気を抜かれたようだった。

「そなたの母上はどこにおわすのじゃ……」

「はい。母さまは田中におりまする」

「田中とはどこじゃ……江戸か……」

「いいえ、江戸ではございませぬ。駿河国でございます」

「駿河国……」

「富士のお山の……ずっとずっと向こうでございます」

「なんと……そなたの母上は、富士のお山の、そのまた向こうにおわすのか……」

若君は身をのりだした。

顔を竹治郎に近づける。

「そのように遠いところに母上がおいでで……そなたは寂《さみ》しゅうはないのか……」

桜之助には、竹治郎の眼《まなこ》にみるみる涙が溜まっていく様子が見えた。

が、竹治郎は涙はこぼさなかった。

潤んだ目をしかと若君にむけ、力強い声で答える。

「強い武士は、母さまに会えなくて寂しゅうても寂しいとは言わぬものじゃと、爺さまが教えてくださいました」

「おお……」

若君が声をあげた。

口元はもう震えてはいない。

若君も竹治郎をしっかりと見すえて告げた。

「おれも強い武士じゃ。強い武士ゆえ、母上に会えなくても寂しくはないぞ」

桜之助の背後から獅子右衛門の声が飛んだ。

「あっぱれ若君。それでこそあっぱれ大丈夫の心根でございまする」

獅子右衛門が膝行《しっこう》しながら桜之助に並んだ。

「若君は強い武士でございます……この獅子右衛門が若君の年頃には、もう毎日、『母《はは》者人《じゃひと》はどこじゃ、母者人はどこじゃ』と、ぴいぴい泣いていたものでござるよ」

獅子右衛門のおどけたしぐさに、若君は声をあげて笑った。

「おれも竹治郎も、獅子じいよりは強い武士じゃ」

御乳母の人も安堵の色を顔に浮かべ、若君の顔をのぞき込む。

「本当《ほんと》に若君は……強うおなりあそばしたこと……」

嬉しそうな若君と竹治郎の様子に、桜之助は胸をなでおろした。

(数っぺ……若君は素直なよいお方じゃ……きっと……きっと、強い武士におなりになるぞ)

七

桜之助の若君御守役としての役目がはじまった。
といっても、桜之助は江戸留守居役としてあちこちを飛び回らねばならぬ身だ。
朝、若君にご挨拶をすると、あとは獅子右衛門と竹治郎が若君のお相手をする。
さすが獅子右衛門は田中では名の通った名家の当主だ。
手習いや素読、作法など武士のひととおりの嗜《たしな》みはきちんと身につけている。
昼までは若君と竹治郎が机を並べて獅子右衛門から手習いを授けられる。
桜之助は竹治郎が持ち帰った獅子右衛門の手本を見た。
「ほほう……素直なよい手跡《て》じゃ……」
万事がさつなようでいて、獅子右衛門の筆運びは繊細だ。

桜之助は竹治郎に言いきかせた。

「獅子右衛門殿の手跡を、よっく真似するのじゃぞ」

竹治郎は顔中に笑いを広げ、「はいっ」と答える。

日頃なついている獅子右衛門の手跡をほめられ、竹治郎は嬉しそうだ。

若君の御守役の勤めを果たしてくれている獅子右衛門への慰労のため、桜之助は権助に命じて夕餉の膳に銚子を一本、添えさせている。

「いやあ、主人《あるじ》殿……たびたび済まぬのう……」

獅子右衛門はわずか銚子一本に、殊更に大声で桜之助に礼をいう。

「若君のお相手という重責……やはり気疲れが致して……酒でも飲《や》らぬと肩や腰が張って張ってかなわぬわ……」

獅子右衛門は訊かれもせぬのに顔をしかめながら肩や腰を拳でどんどんと叩く。

「高瀬殿からの心づくしのこの酒で、御役目の疲れも吹き飛び申す。わっはっはっは……」

桜之助も獅子右衛門に付きあって、杯の底の燗酒を舐める。

獅子右衛門は杯を口に運ぶ桜之助の様子を目に留めると、勝ちほこったように銚子を振って権助を呼ぶ。

「おおい、爺さん……主人殿もお付き合いくださるそうな……あと二、三本、熱いところをもってきてくれい……」

あるときには、竹治郎の羽織や着物、袴までが縁側に干されている。

「これは……いかがいたしたのでございますか」

桜之助が訊ねると、獅子右衛門は平気な顔で応じた。

「いなやに……屋敷の池のいちばん狭い渕からむこうまで、若君と竹治郎が飛び比べをしたのでござるよ……」

竹治郎の着物が干されているところをみると、池を飛びこえようとしたところどうなったかはわかる。

「まさか……若君も……」

「さよう。竹治郎と同様、すんでのところで向こうには届かず……ふたりとも仲良う池に……」

絶句する桜之助に、獅子右衛門は何ごとでもなさげな顔だ。

「さすがは男子《おのこ》でござる。ふたりとも泣き出しもせず、池から這いあがり申した。もっとも、いささか池の水は飲んだかもしれませぬが」

「池の水を……」

桜之助の耳の奥で、怒り狂う数の声が聞こえる。

「栄松は魚類ではございませぬ。桜之助さまは若子になにをさせたのでございます、わらわだけでなく栄松まで池に落とすとは……」

桜之助は心を鎮め、獅子右衛門に告げた。

「子供というものは、たとえ膝ほどしかない水でも溺れると申します……くれぐれもお気をつけなされるよう……」

「万事、お任せくだされ」

獅子右衛門は平気な顔で、小魚の干物を頭から囓り酒で流しこむ。

またあるとき桜之助は、竹治郎の額の右側にできているたんこぶを見つけた。

目のまわりも薄く赤紫に腫れている。

「いやあ……本日の竹治郎は大手柄でありましたぞ」

獅子右衛門はのんきな大声で桜之助に告げる。

「木から落ちた若君を、身を挺して受け止めたのでござるよ……『若君の御身をお守りするために命をかけよ』と、高瀬の爺さまから言いきかされていたとか。あっぱれでござる」

「木から落ちた……とは……」

竹治郎のたんこぶや腫れの具合からすると、さほど高いところから落ちた訳ではなさそうだが、若君に木登りをさせる御守役などいるものではない。

「ははは……若君はいたってご満悦での。次は御庭の、ほれ、あの大岩から飛びおりてみせると張り切っておいでじゃ。『さすがの若君でも、あの一丈（およそ三メートル）あまりもある岩からは飛びおれますまい』と申しあげたところ、『獅子じい見ておれ、余は必ず飛びおりてみせるぞ』と……なかなか向こう気が強く、頼もしい限りでござる」

「馬鹿な……決してかように無体なしわざはなりませぬぞ」

桜之助は語気を強め迫るが、獅子右衛門にはこたえている様子はない。

大声で権助に頼みごとをしている。

「おおい、爺さん……若君のところで中食《ちゅうじき》を御相伴しておるが、御乳母殿が『若君に塩辛いものなどとんでもない』と申して、もう味が薄うて食った気がせんのじゃ。明日から弁当をあつらえてくれぬか。魚のつけ焼きやら甘辛い煮染めやらを、の。頼んだぞ……」

八

二月に入り（現在の三月上旬）、頬をうつ風もぬるんできた。

他家の留守居役を訊ねて用事を済ませた桜之助は、柔らかい陽光に目を細めた。

（屋敷に戻る時分には獅子殿も竹治郎も若君の御前《ごぜん》からはさがっておろう……急いで屋敷に戻るまでもないか……）

用件が済んでの無駄話のなかで、桜之助は噂を聞かされた。

まもなく新たな触れが公儀から出されるという。

むろん白河殿の思い描く世を実現するための触れだ。

桜之助同様、留守居役を勤める男はぐっと顔を近づけ、あたりをはばかるかのようにきょろきょろと目を動かした。

江戸留守居役の寄合のなかでも、おどけたことを口にしては皆を和ませる役回りの男だ。

上目遣いの怖い目で桜之助を睨《にら》みながら、男はささやいた。

「高瀬殿……まもなく出される白河殿のお触れは、の……」

桜之助も調子をあわせ、小声で応じる。

「お触れは……いかなるものにございますか……」

「それが……雛人形じゃ……」

「ひ……雛人形ぉ……」

男はしかつめらしい顔をかなぐり捨て、体を起こすと、白い歯をみせながら笑った。

「まこと、雛人形、じゃ……『華美な雛人形の売買はまかりならぬ』と、な……」

「天下の公儀のお触れが……雛人形……」

相手にあわせておどけて息を詰めていた身体中の力が抜ける。

桜之助も息をついて笑った。

「近ごろは、同様のお触れが立てつづけに出されますの……奢侈《しゃし》品の製造や売買が禁止されましたが去年の三月でござったか……」

「さあ、奢侈品の禁止令は出たものの、風紀が一向に改まらぬと白河殿はお怒りだそうで、な……こたびは雛人形が槍玉にあがったというわけじゃ」

「雛人形を皮切りに、細かなお触れが続々と出そうでございますな」

「うむ……雛人形の次は銀のキセル、その次には、あっはっは……金箔を貼った団扇《うちわ》や煙草入れまでご禁制の品になるそうじゃよ」

「みどもの舅御も銀のキセルを欲しがっておりました。これは早く手に入れて送ってやる。

「この勢いでは、やがて錦や縮緬《ちりめん》のふんどしもご禁制として槍玉にあがりかねませぬな……」

　互いに笑いに紛らせはしたが、江戸の町を歩く桜之助の気も重くなってきた。

　目に映る光景は変わってはいない。

　朝あきないを終えた棒手《ぼて》振《ふ》りの野菜売りが空の笊《ざる》を手にさげ天秤棒を立てて帰ってゆく。

　通りから櫛の歯のように伸びている横町からは、早くも夕餉のしたくらしい白い湯気がただよってくる。

　湯屋《ゆうや》帰りの町家のおかみさんや娘が連れだって早足で通りすぎてゆく。

　以前と異なっているところはただひとつ。

　江戸の町から音が消えた。

　行き交う顔見知り同士が放つ軽口。

「てめえ、このところ鼻の頭ァ見せてなかったじゃねえか。生きてたのかよぉ」

「へん、お互《たげ》えさまだ。てめえこそまっ黒けになりやがって、表裏の区別がつかねえ」

「はばかりさまだァ……少《ち》ィッと房州の先までいってたから陽に焼けたのサ……」

知らないものが聞けば喧嘩かと思われる遠慮のないやりとりは、江戸の町歩きの楽しみだった。

昨今では何かをはばかるかのように、往来で声高に声をかわす光景などみられない。また横町の稽古屋から響いてくる三味線の音や、下手な小唄の声も近ごろでは絶えている。

白河殿の睨みの下で、江戸の町中《まちじゅう》が息を殺しているかのようだ。

江戸留守居役同士の寄合への締めつけも厳しい。

何組かの寄合は公儀の意向に沿って解散。

寄合に使われていた料亭のなかには廃業したところもある。

白河殿が力をふるいはじめたころ、『ちいさい物は西丸下《にしのまるした》の雪隠《せっちん》と申　候《もうしそうろう》』という落首が出た。

西丸下は白河殿の屋敷を指す。

『白河殿は尻の穴が小さい』と揶揄した落首だが、もうそのように白河殿をおとしめる言葉や非難めいたものいいは影をひそめている。

（江戸は病んでおるようじゃ……）

桜之助は声にださずにつぶやいた。

桜之助の目の端に、人影が映っている。

ひとりではない。幾人もが前後で桜之助を遠巻きに取り囲んでいる。

桜之助に見とがめられても姿を隠そうとはしない。

桜之助は右手を左腰の帯のあたりにまわした。

左手で大刀の鞘を押さえる。

桜之助はふたたび周囲に目を配り、刀の鯉口を切ろうとした右手の力を抜いた。

桜之助を取り囲んでいる者たちからは殺気は伝わってこない。

また、こう大勢に囲まれては往来で立ち回りをしたとて逃げおおせられるものではない。

桜之助は、堀割にかかっている小さな橋の真ん中で立ち止まった。

橋の欄干を背にしてぐるりと見回す。

桜之助を取り囲んでいた者たちは左右から間合いを詰める。

桜之助は半円状に囲まれる形となった。

「そこもとたちは、火盗の同心衆であろう」

桜之助の声に、ひとり編み笠を被っていた男が前に進みでた。

男は編み笠をとる。

幾度も桜之助のあとをつけてきた馬面の年かさの男だ。

男は桜之助の顔をまっすぐに見つめ、告げた。

「ご無礼はお許しくだされ、高瀬殿……ご無礼ついでに、我らと同道願いたい」

馬面の同心は、桜之助を取り囲んでいた男たちに告げた。

「もうよい。高瀬殿は拙者が同道いたす……」

男たちは桜之助を取り囲んでいた輪を解くと、それぞれが往来に紛れて姿を消していった。

まるで流れに垂らした墨汁がすぐに跡形もなく水に溶けていくようだ。

同心は桜之助を「さっ」とうながす。

桜之助は同心と肩を並べて歩いた。

同心の歩みは速い。

さすがは日々、江戸の市中をくまなく歩き回っている火盗の同心だけある。

桜之助は遅れぬよう、常より足を早めて同心に並んでいる。

額や顔、首筋にじんわりと汗がにじんでくる。

同心は歩みを続けたまま桜之助に訊ねた。

「お疲れではございませぬか……大事ございませぬか」

「お気遣い無用」

桜之助は短く答えると、懐紙で額や首筋の汗を抑える。

「行く先はどちらでござるか……筋違御門《すじかいごもん》（東京都千代田区神田須田町）のあたりでございますかな……」

「いえ……もそっと北の方角でござるよ……」

「上野のあたりで……」

「いえ……もそっと先で……」

「ずいぶん遠方まで同道せねばならぬようで……江戸のはずれにまで連れていかれそうでござるな」

同心は桜之助の言葉に少し頬をゆるめて笑ったが、黙ったまま歩き続ける。

歴とした大名の家臣である桜之助だ。

なにか詮議の筋があるのであれば、老中配下の大目付を通じて主君伯耆守さまに申し入れがあってしかるべきところだ。

若年寄配下の火盗に付けねらわれるいわれもなければ、ましてやどこやらまで同道しなければならぬという法はない。

（まさか取って食われもせぬじゃろう……）

江戸に戻って以来、火盗のものたちはなにかにつけ桜之助をつけ回している。

（彼奴《きゃつ》らの真意を確かめるにはいい折じゃ……）

無粋そうな馬面の火盗同心が連れでは艶消しだが、春先の江戸歩きを楽しむに若《し》くはない、と桜之助は腹をくくった。

上野の山はまだ桜には早いが、常ならば花を待ちわびる気の早い者たちが浮かれて歩き回りもしているところだ。

市中と同じく、上野の山の界隈にも華やいだ様子はなく、昼日中というのに静まりかえっている。

入谷のあたりで東へと向かう。

桜之助は馬面の同心に訊ねる。

「行く先はどちらでござるか」

「もそっと先でございます」

馬面は短く答える。

見ると先ほどと同じように頬をゆるめ笑みを浮かべたまま、素知らぬ顔をしている。

「ここまで参ればおわかりのはず」という色が浮かんでいる。

桜之助は心のなかでつぶやいた。

（これはこれは……火盗に伴われ、とんだところに連れていかれるわ……）

やがて大川沿いの堤に出る。

吹きつける風は少し冷たいが、右手の先に浅草寺の塔を望む眺めは格別だ。

（これで馬面殿がいなければ……のう……）

堤の道はけっこうな人出がある。

行き交う人々の足取りは軽く、江戸市中のような病んだような静けさはない。

もっともこのあたりに詳しい者によれば「土手八丁も寂れ果ててしもうて、みる影もござらぬ」との話だが、桜之助にはどうだかわからない。

川には小型の猪牙《ちょき》と呼ばれる舟が行き来している。

い、い、みずすましのように素早く滑らかに川面を滑ってゆく。

「さあ高瀬殿……こちらでござる」

馬面が桜之助に声をかけた。

土手からまっすぐに、広い一本道が続いている。

道の先には黒い大きな門が見える。

桜之助は羽織の襟に手をやった。

（やれやれ……つい衣紋《えもん》を繕ってしもうた……）

桜之助は心で苦笑してつぶやく。

（火盗にいざなわれ、悪所に参るとは、な……）

堤から長い坂道を下る。

吉原へと通ずる坂道だ。

雨のときなどには、気がはやっている者が足を滑らせてあおむけにひっくり返る姿を目にする。

一張羅《いっちょうら》を泥だらけにして、誰にむけるともない悪態をついて立ちあがった男の尻についた泥を、仲間とおぼしい男たちが笑いながら払ってやる光景を桜之助もよく目にした。

桜之助の前をゆく同心は、身体をまっすぐに立て坂を下ってゆく。

頭や両肩も全く揺れてはいない。

よほど鍛練を積まねばこうはいかぬ。

剣術の腕は桜之助の相手ではないが、（いざ捕り物……たとえばみどもが追いかけられるはめになっては、逃げおおせるなどできぬだろう……縄術《じょうじゅつ》や体術で手もなく絡め捕られてしまうに違いないわ……）と思われる。

坂道の両側には柳が植えられている。

同心は桜之助を振りかえり告げた。

「俗に、見返り柳と申します……それ、大門が見えて参りました……」

田舎侍を江戸見物させているかのような口ぶりだ。

「なにが……みどもはもとは旗本。江戸生まれの江戸育ち、水道の水で産湯をつかいもうした……吉原の大門が右を向いているか左を向いているか、貴殿に教えてもらうまでもないわ……」

桜之助は言い返しそうになって思い留まった。

(火盗の同心と、吉原自慢をしそうになるとは……)

生家の谷家にいたころには朋輩に連れられて足を踏みいれもしたが、部屋住みの身、吉原通いをするほどの小遣いはなかった。

また江戸留守居役になってからは、付き合いで遊里の茶屋で遊ぶこともあるが、『教えてもらうまでもないわ……』などと見得を切るほど金は遣っていない。

桜之助の口の端に自嘲の笑いが浮かんだ。

桜之助はかわりに訊ねた。

「みどもをいずくにお連れになるのかな」

同心の答えは変わらなかった。

「まもなくでございます」

大門を入り左手が江戸町二丁目、俗に『江戸二《えどちょう》』と称する。

江戸二の『羽島屋《はしまや》』といえば、吉原でも大きな引き手茶屋だ。

同心は先に立って羽島屋に入っていった。

「許せよ」

ずいぶん物馴れた様子だ。

桜之助も同心のあとに続く。

明るい往来から入ったせいで、羽島屋の店のなかは暗く様子がよくわからない。

ただ炊いている香のよい匂いが桜之助の身体を包む。

上がり框《がまち》の隅に、盆に活けられた梅の木が置かれている。

目が慣れると、薄暗いなかに紅梅の色が鮮やかに浮かびあがっていた。

奥から女の声がする。羽島屋の女将《おかみ》らしい。

「おまち致しておりました……」

同心が女将に訊ねる。

「頭《かしら》はすでにお越しか」

「はい……先刻よりお待ちでございます」

同心は先に立って羽島屋にあがる。

後につづく桜之助は、腰にさした大小を抜き女将に預けようとした。

同心が振りかえり、桜之助に告げた。

「高瀬殿……羽島屋《ここ》にては腰のものはそのままに……」

桜之助は同心に問いただす。

「かかる場所では、武士といえども刀は禁物ではござらぬか」

「大事ござらぬ。そのままに……」

控えている女将も、桜之助に微笑みながらうなずいている。

(刀を携えて引き手茶屋にあがるとは……火盗のやり口は野暮なものだの……)

桜之助は心のうちで同心をやり込めた。

羽島屋の二階のいちばん奥、ちょっと見ただけでは部屋があるかどうかわからぬところに小さな杉戸がある。

同心は杉戸の前にかしこまり、声をかけた。

「頭……高瀬桜之助殿をお連れ申しあげました」

桜之助にはなかで待っている人物の見当はついている。

鬼も怖れるという火盗を率いる火付盗賊改方、長谷川平蔵宣以だ。

九

杉戸の向こうは畳敷きの狭い部屋になっていた。

狭いが、床の間もしつらえられており花活けには店の入り口と同じく紅梅が活けられている。

掛け軸も梅にあわせて鶯が描かれている。

人目を避けたい客のための隠し部屋、といったところか。

中には四十半ばとみえる小太りの男がいた。

以前、火事見舞いに馬に乗ってやってきた男だ。

床の間と向きあう壁に背をもたせかけている。

立て膝をしただらしのない格好で手酌《や》で飲っていたらしい男は、桜之助の姿に、立てていた膝をおろしてかしこまった。

「こんなだらしのねえ格好でお迎えして申し訳がねえが……ま、そちらにお直りくだせえ」

男は指をそろえた右手で、床の間の前あたりを示す。

口調といいしぐさといい、武家ではなく町方のもののようだ。

桜之助は部屋に足を踏みいれる前に、男のかたわらに置かれた大小の刀に目を留めた。

男は苦笑して桜之助に告げる。

「御役目柄、いつでも飛びだしていけるよう腰のものはどこでも身から離さねえンで……が、今日ンところは大事《でえじ》ねえでしょう……女将、おれの刀、一本半、預かっておいッくんな」

「みどもの大小も、お預かり願おう」

桜之助も男と同様、女将に刀を預ける。

身軽になった桜之助は、男の勧めるままに床の間を背にする上座になおった。

男が口を開いた。

「火付盗賊改方を拝命しておりやす、長谷川平蔵と申します。以後、御別懇に……」

「本多伯耆守家中、高瀬桜之助」

桜之助は名のったあとに続ける。

「しかし、かようなところへ連れてこられるとは思いもよりませなんだ。火盗がいったい、何用でみどもを……」

「おう、奥田ッ」

平蔵は杉戸の外に控えている馬面の同心に鋭い声を投げつけた。

「おめえ、高瀬さまのようなお大名御家中のお歴々を無理矢理に引っ立てたのかい……カァ、この唐変木《とうへんぼく》ッ」

平蔵は同心の奥田を叱りつける。

「『手前どものあるじ、長谷川が高瀬さまに是非ともお目もじをと申しておりますゆえ、御多用とは存じまするが浅草寺《せんそうじ》の北あたりまで御同道願えれば幸せでございます』……くれえの口上が言えねえのかッ」

叱りつけられた奥田は馬面を伏せたまま黙っている。

平蔵は桜之助の顔色をうかがうかのような目つきをしながら、追従のような笑いを浮かべた。

「ッたく、火盗の連中ときた日にゃ、口の利き方、挨拶のひとつも心得ちゃいやせんで……へっへ……旗本一千石《いっせんごく》の殿さま育ちの高瀬さまの前に出すのもきまり悪い話で……勘弁してやッツくだせえ……」

桜之助は口をつぐんだままでいた。

平蔵のもくろみはなんだか知らぬが、桜之助の実家についても調べあげているのだぞといわんばかりのところが気に食わぬ。

また配下の奥田を叱りつけてはいるが、なにしろ火盗だ。まずは本心ではあるまい。火盗ならば、どのような手をつかってでも桜之助を連れてくるよう厳命しているに決まっている。

そのくせわざわざ桜之助の前で奥田を叱りつけてみせるなどは、猿芝居もきわまったとしか思えぬ。

桜之助はまた、平蔵がつかってみせる伝法な町人言葉にも鼻白んだ。

旗本や御家人のなかには、わざわざ町方の言葉遣いをしてみせるものもいる。

桜之助は、無頼を気取ったものの言いようは好きではなかった。

武家には武家らしい、折り目正しい口のききようがあると信じている。

平蔵は若き日には放蕩の限りを尽くし、吉原あたりでは幼名の銕三郎《てつさぶろう》にちなんで『本所の銕』と呼ばれていたらしい。

（荒くれ揃いの火盗を率いるには、『本所の銕』とやらの顔をし続けねばならぬのか……）

役目のうえでの言葉遣いとあらば町人言葉でもなんでもするがよいが、無頼な言葉が平蔵の身についたものかは、はなはだ疑わしい。

(武士が『お目もじ』などという法があるものか……京くだりの御殿女中でもあるまいし……無理に乱暴な口を利いているとみえる)

平蔵は丸い顔に柔和な笑みを浮かべながら、弦《つる》をもってつまみ上げた銚子をぶらぶらとさせて桜之助に示した。

「いかがでござえますか、高瀬さま……お近づきのしるしに、一杯《いっぺえ》……」

「断る」

桜之助は言下に応じた。

「さようでござえますか……ひと口召し上がっていただくとよろしいのでござえますがなあ……」

平蔵はなごり惜しそうに銚子をぶらぶらさせている。

桜之助は口を固く結んだままでいる。

平蔵は座敷の外で控えていた奥田と女将に目を送った。

奥田は杉戸を閉める。

桜之助は狭い座敷で平蔵とふたりきりになった。

平蔵は手にした銚子を目の前の膳にとんと音をたてて置いた。

「さて……高瀬さま……」

平蔵は柔和な顔のまま桜之助に切り出した。

平蔵はしばし桜之助の顔に目をおいてから口を開いた。

「手前は旗本四百石、御先手組の生まれでごぜえます……若《わけ》え時分には少《ち》ィッといたずらもいたしやしたが、三十のときに西ノ丸番士、以後、四十で西ノ丸書院番士徒頭《かちがしら》、翌年には御先手組弓頭にお取りたていただきやした……」

御先手弓頭といえば公儀番方の最高位、並の旗本としてはのぼりつめた地位といえる。

西ノ丸書院番の長谷川という名は、桜之助も聞き知っている。

当時の公儀の実力者、田沼主殿頭さまのもとには、願いの筋のあるものたちが進物を次々に寄せていた。

平蔵は田沼さまのもとで西ノ丸仮御進物番として、金品をさばく御役目をしていたはずだ。

「長谷川は田沼さまの賄《まいない》受取《うけとり》の番頭じゃ」と嘲る声もあったときく。

平蔵は、田沼さまが力を失い白河殿の世になっても順調に出世を遂げていき、御先手組弓頭拝命の翌年には火付盗賊改方を命ぜられている。

長谷川家代々の四百石に加え役目に伴う足高六百石、あわせて一千石をうける身になっている。

（なんじゃ、この男……おのれの出世自慢のためにみどもを呼びつけおったのか）

火盗になってからも、江戸のあちこちで顔と名を売ろうとするかのように提灯を押したてて闊歩するなど、旗本内での平蔵の評判は極めて悪い。

桜之助は、次第に腹が立ってきた。

腹立ちを顔にあらわすまいとつとめるが、どうしても眉間に皺が寄ってくる。

平蔵は桜之助の心中《しんちゅう》を推しはかる様子もみせず、しみじみとつぶやいた。

「手前が同朋衆から嫌われておるは百も承知……」

平蔵は柔和な顔をほころばせて桜之助に言い放った。

「白河殿の信頼だけが心の支えにござります」

権力者の白河殿を頼る心中を恥じる様子もなく口にするとは……と、桜之助はいよいよ平蔵に虫酸《むしず》が走る思いをつのらせる。

桜之助は江戸留守居役の寄合で耳にした噂を思い出した。

平蔵の思いとはうらはらに、白河殿は平蔵の名もろくに覚えていないらしく、「長谷川某《なにがし》」と申されているらしい。

また白河殿は配下の水野左内《みずのさない》に命じて世上の噂や評判を丹念に収集しているという。

当然、平蔵への悪評もご承知だろう。

桜之助は、一千石の扶持にありついた嬉しさを隠さず、白河殿白河殿と口にする平蔵が気の毒にも思えてきた。

「……という手前でごぜえますが、高瀬さま……」

平蔵の声が少し改まった。

「折りいってお願《ねげ》えがごぜえます」

桜之助は無言を貫いている。

どんな願いかは知らぬが、このような男の願いなどきくつもりは毛頭ない。

平蔵は、桜之助を懐柔しようとするかのような笑いを口元に浮かべながら、少し落とした声でささやいた。

「浦会、とやらについてでごぜえますよ」

桜之助はぐっと口を結んだ。

「むろん火盗は武家には手出しはできねえとは百も承知でごぜえますが、なにしろこのところ、似せ絵の一件やらなにやらで、江戸の町がやたらに騒がしゅうごぜえますンで……」

平蔵は桜之助の様子をうかがいながら続ける。

「悪事を働くものは町人だけとは限らねえ……武家にも天下を騒がそうという不心得者が……いえ、いるわけはねえ。いるわけはねえが、へっへ……火盗のような御役目を勤めておりやすと疑り深くなっていけねえ」

平蔵は杯を取りあげ、徳利から燗のさめた酒を注ぐとぐいとあおった。

（みどもが無礼をとがめでもすると、すべて酒のせいにする魂胆であろう……ますますもって浅ましいわ……）

平蔵の話は続いている。

「浦会とやらはなんでも『えもいわれぬ世の不安や不満をいちはやくかぎ取り、天下の安寧を図る』というところとやら……手前なんぞには思いもよらねえ、たいそうな話でごぜえますが、そのたいそうな話にまぎれさせて世の中をかき回してやろう……などという御仁《めえ》がいねえとも限らねえ……そうそう、先達ッては妙ちきりんなお札が空から降って参りやしたなぁ……」

桜之助は心のうちで身構えた。

（火盗は浦会のしわざと知っておるのか……）

桜之助の様子にかまわず平蔵は続ける。

「なんでも浦会にいる京のお公家さまのところの公家侍《くげざむれえ》は、もとは盗っ人という話でごぜえやすねえ……お札の一件についちゃ、寺社奉行からも火盗に相談がありやしたが……ははは、どうせ詰まらねえいたずらだ、打っ棄《ち》ゃっておきやしたが、ね……」

平蔵は改めて桜之助に向きなおった。

「高瀬さま……毎度、浦会でどんな話をなすっているのか、浦会がなにを考《かん》え《げ》ているのか、その都度《つど》、手前の耳にいれてくださいませんか……決して高瀬さまの悪いようには致しやせん……」

桜之助に、浦会を裏切れという申し入れだ。

桜之助は袴の両の膝を力を込めて握りしめた。

桜之助は無言を貫いている。

口を開こうものなら、平蔵を怒鳴りつけでもしてしまいそうだ。

怒鳴りつけたいところをこらえる。

平蔵は桜之助にぐっと顔を近づけた。

「高瀬さまの御主君の伯耆守さまも、白河殿のご意向により奥方を離縁なすったとか……白河殿はかようにして、ご自身の力を見せつけ、有無をいわさず従わせねば気の済まぬお方でごぜえやす……」

数を引きあいにだされても、桜之助は目をじっと膝の前に据えたままでいる。

平蔵はいよいよ声を低めた。

「離縁された奥方は高瀬さまもよっくご存知よりの方とか……お幸せであればよろしゅうござえますなあ……」

火盗では、悪党の仲間を脅して手先として使うやり口にたけているという。

平蔵の低めた声は、桜之助の耳に粘っこい油のようにまとわりつく。

桜之助は目をあげ、口を開いた。

「断るッ」

桜之助はひとこと言い放つと、立ちあがった。

平蔵は座ったまま桜之助を見あげた。

「いいんですかい……高瀬さま……」

桜之助は平蔵の顔をまっすぐに見おろした。

足蹴《あしげ》にでもしたいところだが、（このような奴を蹴ったりすれば足が穢《けが》れるわ）とこらえる。

平蔵はあきらめたかのように首を振り、つぶやいた。

「高瀬さまも、若君の御守役までお勤めなさって……ずいぶんお気をつけなさいまし……」

答《いら》えなどを口にするまでもない。

桜之助は座敷の杉戸を開ける。

外の廊下の隅には同心の奥田が控えている。

座敷から平蔵の声がとんだ。

「高瀬さまがお帰りだ。お送り申しあげな」

「無用ッ」

桜之助は一喝すると、平蔵を残して座敷をあとにした。

「またぞろ似せ絵の主《ぬし》ですかい……」

死骸をあらためていた若い同心は立ちあがると、うんざりした声を絞りだした。

「近ごろじゃもう、町方も、似せ絵のレコとなると初手から火盗《こちら》に尻を持ちこみやがる……」

年かさの馬面をした同心が、若い同心をなだめる。

「まあ、そうふくれるな……われら火盗が頼りにされているのだと思えばよい。それに……」

馬面の同心は、手にした似せ絵をぽんぽんと指で叩いて続ける。

「似せ絵の件はすべて火盗が手がけるとは、お頭……長谷川さまのご意向だ」

「しかし奥田さん……」

若い同心は、馬面の同心に食いさがる。

「似せ絵を描かれたものが時をおかずに死んじまう……なんざ、いかにも気味が悪い、怪しい話だが、死にようがどれも違いすぎまさぁ……押しこみにやられたあきんどの隠居もいりゃ、辻斬りにあった職人もいる。堀割に落ちておぼれ死んだお旗本の殿さまに、拐《かどわ》かしにあって絞め殺された娘ッ子……死にようが違いすぎて、下手人がどんな野郎か女郎《めろう》か見当もつきゃしねえ……」

「見さかいなしじゃな」

「見さかいなしでさ……ただ、どの死骸にも六文銭が……こんどのにも、懐に白紙でくるんだ一文銭が六枚……」

「ふうむ……」

奥田は腕組みをして考えこむ。

地響きをたてて大勢の大男たちが近づいてきた。

火盗の検死が済み、死骸を引きとりにきた者たちだ。

奥田は目を細めてつぶやいた。

「相撲取りたちか……さすがに何人も寄ると小山のようじゃ」

死んだ男は相撲の取的だ。

うまいと評判の屋台の二八蕎麦を、町のものたちに混じって三十六杯平らげ、銭を払っていくらも歩かぬうちに倒れ、こと切れている。

取的のところには、やはり何日か前に似せ絵が届けられているという。

奥田はもういちど似せ絵を眺めた。

半紙にいっぱい、丸顔に前髪を残した取的の顔が描かれている。

取的はまだ若い。

大きく目を見開いた目や少しとがらせた口をとらえた似せ絵の取的は、まだかわいらしささえ残っている。

「なぁんまいだあ、なぁんまいだあ……」

取的の死骸を囲んだ相撲取りたちから、大声で念仏が起こった。

念仏は地響きのように低いうねりとなってあたりにひろがっていく。

大男たちが輪になって、そろって手をあわせて一心に念仏を唱える姿は滑稽でもあり、また哀れでもある。

若い同心は奥田に訊ねる。

「似せ絵を描いた、斎藤十郎兵衛とかいう能役者……もういっぺん洗いやしょうか」

「うむ……念のため、な……」

奥田は気乗りせぬような口調で応じる。

「しかしあの能役者、蟇蛙のようにもさもさと……どうでも人殺しなどできる男には見えぬわ……」

奥田は顔をあげて息をつく。

「お頭……長谷川さまは、どうお考えなのであろうか……」

第三章　虚儀《きょぎ》

一

桜之助は懐にいれていた竹皮包みを取りだした。

「本日は、丸屋《まるや》播磨《はりま》に立ち寄りまして……」

鉄仙和尚がすかさず応じる。

「求肥《ぎゅうひ》でございますな。これはありがたい……不乱坊や……」

不乱坊は「命ぜられるまでもない」という顔で、熱い焙じ茶を運んでくる。

竹包みを開くと、珠《たま》のような菓子が白く滑らかな肌を光らせている。

白餡を求肥でくるんだ練り切りだ。

和尚は半分ほど食いちぎった練り切りをしみじみと眺めながらつぶやく。

「白餡の甘味《あまみ》と求肥の甘味……これがまた異なっているところがなんとも味でございま

すな」

「近ごろでは、ほれ……胡麻をまぜた胡麻求肥や山椒の汁で溶いた練り山椒《ざんしょう》なる菓子もございます」

「どれ……ほほう……」

和尚は顔をさらにほころばせる。

「いやいや、思わぬ馳走にあずかりましてございまする」

芝の三縁山広度院増上寺の境内の片隅、藪のなかの小さな庵が鉄仙和尚の住処《すみか》だ。

桜之助は折にふれて和尚の好きな菓子を手土産に庵を訪れる。

和尚とかわす一時《いっとき》ばかりの無駄話が何よりの楽しみだ。

和尚は桜之助にからかうような口調で訊ねる。

「ところで御守役さま……本日はお役目は御免でございまするか」

桜之助は飲みこみかけた練り山椒が喉にあたり、激しくむせかえる。

「いや御坊……『御守役』という呼ばれようには、まだ馴れませぬわ……みどものような者が若君を教え導くなど、荷のかちすぎた話で……」

桜之助は不乱坊が差しだしてくれた焙じ茶で、ようようの思いで喉を収めた。

「本日は若君はお家の仏事にて、我らにはお暇が出ております……村松殿も、御家督を甥御殿にゆずるための願いやら許しやらのため、このところお忙しゅうしておられ、国元の田中と始終やりとりをしておりますれば、終日お暇をいただけるはありがたき限りで……」

「獅子右衛門殿でございますな。なかなかの御守役ぶりだそうで……」

「倅の竹治郎のみならず若君も、『獅子じい獅子じい』とすっかりなついておられまする。桜じいは、『口うるさいので嫌いじゃ』と……」

「ほっほっほ……」

和尚は口をすぼめて笑う。

「高瀬さまも形無しでございますな」

「村松殿は『子供ゆえ好きなように遊ばせるがよいのじゃ』と、若君が池にはまっても木から落ちても平気で笑っておられまする」

「おやおや」

和尚はまん丸い目を少し細める。

「万一、若君にお怪我でもあれば一大事でございましょうに」

「村松殿は、『責めは拙者がひとりで負うゆえ高瀬殿には心配御無用』と申されておりますが……」

「ふうむ……」

「また伯耆守さまも、『若子を強う育てよ』とのご意向でございますれば、あながち無茶とは申せませぬゆえ」

「ふうむ……」

和尚は再び声を出して息を漏らした。

桜之助は続ける。

「また殿は若子さまに、市井のものどものありさまをよく見せよとの思し召し……」

和尚は桜之助の言葉に顔をほころばせた。

「それはよいお心掛けでございますな……ゆくゆくは民の上に立つべき若子さま、下々のものの心の機微をよっく心得ておかねばなりますまい……ではお屋敷に、出入りの町人などから選りすぐったものを呼んで、若君に拝謁させ、江戸市中の話などをさせる……」

「いや、それが……でございます」

和尚は意外そうな顔で桜之助の言葉を待つ。

「村松殿はどうでも、若君を外へお連れ申すのだ、と……」

「なんと……お大名の若君が江戸の町中へ……」

「さよう。市井のものたちのありさまは市井に出てこそわかるもの、と……もっともではございますが、さすがに若君を町中に出して万に一でも間違いがありましては、とみども御乳母《おち》の人もとどめておりますが……」

獅子右衛門は庭遊びと同じく、『責めは拙者がひとりで負うゆえ心配御無用』を繰りかえすだけだ。

さらに獅子右衛門は若君の江戸市中微行《しのび》について、国家老の生駒監物の了解も取りつけたという。

「ふうむ……」

和尚の息を漏らす声は三度目になる。

和尚は気を変えるかのように竹包みに手を伸ばした。

「ところで……似せ絵で人が死ぬ、という話に、江戸の町はおびえきっておるようでございますな」

丸屋播磨名物の求肥菓子をたいらげた和尚は両手で包むようにして持った分厚い湯飲みをゆっくりと口元に運んだ。

桜之助は甘辛い練り山椒を、熱い焙じ茶で腹へと流しこむ。

「押しこみ、辻斬り、溺れ死にに拐かし……昨夜などは相撲取りが屋台で蕎麦を食したあとに倒れてそれきり、と申します……」

「偶然にしては、できすぎておりますの……」

「世を乱そうとの企てにせよ、とてもの話、ひとりの下手人のしわざとは思えませぬ……」

和尚は湯飲みを両手で包んだまま顔を上にむける。

まもなく梅雨にはいろうかという時候だが、少々冷える。

熱い焙じ茶の入った湯飲みで暖をとっているかのようだ。

和尚が桜之助に訊ねる。

「似せ絵を描いた者はわかっておるのでございますな」

「阿波の蜂須賀公お抱えの能役者、斎藤十郎兵衛と申すものでござる」

「高瀬さまは、その者にお会いになられたとか」

「さよう……まだ若い男でござるが、あの様子では日がな一日、部屋に閉じこもって絵ばかり描いておるのでございましょう……」

桜之助は和尚に、浜島新左衛門の似せ絵を返しにいったときの様子を話して聞かせた。

「蝦蟇のような目つきと声……薄気味の悪い男でございましたが……」

桜之助は竹包みに残っていた求肥の練り切りを口に放りこんだ。

滑らかな求肥の甘味が口中に広がるはずだが、斎藤十郎兵衛の薄気味悪さを思い出したために味がしない。

桜之助は焙じ茶で求肥の舌触りを洗い流した。

「薄気味の悪い男ではござりまするが、人を殺《あや》める……ましてやさまざまな手口で人を殺める術《すべ》をもっているとはとても思われませぬ……火盗もいまだ動かぬところをみると、十郎兵衛は下手人ではございますまい」

「さはさりながら、現に、描かれた者が次々に死に至らしめられております。とても偶然とは申せますまい……」

「とすると……」

「考え及ぶところはただひとつ……」

和尚は大きな眼《まなこ》を桜之助にまっすぐに向けた。

「似せ絵に描かれて命を奪われしものたちは……世にも怖ろしきもくろみの贄《にえ》にされたやもしれませぬぞ……」

二

若君にはあらたに剣術の師範を迎えた。

桜之助も、日頃の獅子右衛門の振る舞いや身のこなしから、おおかた覚悟はしていたところだったが、獅子右衛門の剣は無残なものだった。

ためしに獅子右衛門に木刀を構えてもらった桜之助だったが、ひと目見るやすぐに、「いや、もう結構……十分でござる」と声をかけたくらいだ。

獅子右衛門は平気な顔で木刀をおろすと、「いやなに、素振りの稽古の掛け声では拙者は誰にもひけはとらなんだのだがのお……」と首をひねる。

桜之助は子供の時分から兄について、下谷《したや》練塀小路《ねりべいこうじ》の西谷道場に通い一刀流を学んでいる。

師匠からは師範代の許しも得ているから若君をお教えもできるが、なにしろ暇のない身だ。

よい師範を探さねば、と思っていたところ、我ながらよい考えを思いついた。

念のため帯刀さまを通じて伯耆守さまにお伺いをたてたところ、「是非とも。余からもお願い致す」とのご返事だ。

桜之助は新しい剣術師範を同道し、若君の居室に参上した。

梅雨の走りだ。軒から重たい雨粒が落ちている。

ただ梅雨の盛りのような蒸し暑さはない。

庭から居室に吹きこむ風は、雨粒をとおって冷気を帯び心地よいくらいだ。

ぽたぽたという雨音が耳にとどき、静かな落ち着いた昼下がりとなっている。

若君のお側近くには竹治郎が背筋を伸ばして控えている。

若君をお守りするのだという気概が身についているのだろう、平伏した父親の桜之助へも「無礼があれば捨ておかぬぞ」といわんばかりの怖い顔をむけている。

(倅ににらみつけられるとは思いもよらなんだ……あの顔、高瀬の爺さまが怒ったときにそっくりじゃ……)

桜之助も負けずに厳粛な顔をつくり、若君に申しあげた。

「今日《こんにち》は、あらたに剣術の師範がお目通りを致します」

桜之助は振りかえり、背後で平伏している男を若君に示した。

「永井左馬之介殿にございまする」

叔父御は白髪がまじった髪を茶筅《ちゃせん》に結っている。

桜之助の声にあわせ、ゆっくりと顔をあげた。

叔父御の顔にやさしい笑みが浮かんでいるのを見とどけた桜之助は、再び若君に向きなおった。

「師範はたいそうお強い方でございます。しかと稽古にお励みくだされ」

「桜じいより強いのか」

若君は無邪気に訊ねる。

若君と竹治郎は獅子右衛門にけしかけられ木ぎれを振り回して桜之助に立ち向かったが、むろん桜之助は手もなくあしらっている。

「本気になれば、この桜じいもかないますまい」

「おおお……」

若君と竹治郎は素直に同時に声に出して感嘆する。

もう祖父といってもよいくらいに年老いて、馬面でとぼけた顔つきの男が桜之助より強いと聞かされ驚いたようだ。

若君の顔が少し紅潮し、引きしまる。

若君は叔父御に向かって声をかけた。

「お師匠さま、よろしくご指南、お願い申しあげまする」

叔父御は柔らかな笑みを浮かべたまま、まず竹治郎に顔をむける。

「竹治郎殿には、以前にお会いしたの」

「はい」

叔父御は竹治郎の声にうなずくと、次に若君に顔をむけた。

「若君……この桜之助殿は拙者のことを『叔父御、叔父御』と呼んでおりました。そう、ちょうど若君ほどの年格好の時分より、でございます」

若君は顔を引きしめたまま、叔父御の言葉を待つ。

「ゆえに若君も拙者を、『叔父御』とお呼びくださるよう……」

「お師匠さま、ではなく、叔父御、でよいのか」

「はっ。そのほうが拙者にもしっくりと参ります」

「さようか……」

若君は小首を傾げてしばらく思案していたが、やがて意を決したかのような声を発した。

「叔父御、剣術の指南をお願い致しまする……これでよいか」

叔父御の笑顔はとろけそうになった。

桜之助の胸は知らず知らずのうちに熱くなった。

（叔父御は帰ったら、さぞ数っぺに自慢なさるであろうな……いや数っぺのことだ、『若子にとっては叔父御ではなく大叔父ではございませぬか……誤りを若子に教えては困ります』などと苦情を申すかもしれぬな……）

若君と数との対面はむつかしい。

ならば、と桜之助は叔父御を若君の剣術指南にと思い至ったという次第だ。

伯耆守さまには否やはなかった。

ただ数の離縁は白河殿の意向だ。

ゆえに叔父御のほうの永井家では白河殿をはばかる声も起きかけたが、桜之助が永井の家中を細かく回り、首尾よく叔父御を迎える次第となった。

（江戸留守居役では、かような動きばかりしておる。思わぬところで役にたったわ……）

桜之助は安堵の胸をなでおろす。

叔父御はたずさえてきた包みを若君の前で開いた。

白い木綿ものが畳まれている。

「これは若君へ、稽古をはじめられるにあたっての引き出物でございます」

木綿の刺し子の稽古着だ。

白い木綿が黒の糸で細かく縫いとられている。

「この稽古着を着用あそばして、稽古に励みなさるのですぞ」

桜之助は刺し子の稽古着から目が離せなかった。
(数っぺか……)
我が子が剣術の稽古をはじめるにあたり、母親としてせめてもの心づくしなのだろう。
一針一針、思いを込めて稽古着を縫いとっていったに違いない。
若君は嬉しそうに稽古着を手にとる。
獅子右衛門が手伝って若君が稽古着をはおった。
「おお……これは強そうでございますぞ、若君……」
叔父御は、少し鼻に詰まった声になっていた。
若君は得意そうに桜之助にむけて胸を張る。
「どうじゃ、桜じい」
「まこと……お強そうでございます。若君……」
桜之助もあわてて懐から懐紙を取りだし、洟《はな》をかんだ。
(これはいけぬ……みどもとしたことが……)
叔父御と同じく、桜之助の目にもじんわりと涙が浮かんできていた。
おそらく若君は生涯、誰かと剣を交えるなどはないままでおられるはずだ。
剣を交えるどころか、腰のものを抜く次第になるとも思われぬ。

叔父御は若君に、まずは正しい身のこなしの指南からはじめた。

桜之助は子供のころ、背丈より高い稽古用の竹刀をもたされたものだが、叔父御は「身の丈にあった剣を用いねば美しい型は習得できぬ」と、若君と竹治郎のために短い竹刀をあつらえさせた。

「それ若君、顎があがっておりますぞ。ぐっと顎をお引きなされぃッ……顎の先を喉元に押し込めるくらいでよろしい」

叔父御ののんきな馬面は稽古の最中でも変わらぬ。

穏やかな笑みを浮かべたまま、決して大声や早口で叱咤するなどはない。

竹刀を振るっての打ち込みも、一日たった十本。

「子供のうちはやたらに打ち込みをさせても詮のないこと。ただ竹刀を振り回すだけでござるからの……それより一本一本、手足の隅々にまで気を行きとどかせながら剣を振るう癖をつけるが肝要でござるよ」

叔父御は竹刀を振るう若君や竹治郎を見守りながらつぶやいた。

「さのみに『よき』『悪しき』とは教《おし》ふべからず……世阿弥居士《ぜあみこじ》の教えじゃよ」

江戸市中でも荒い修行で知られる西谷道場で育った桜之助には目新しい指南法だ。

叔父御はさらに続けた。

「ただ、の……竹治郎は若君とは別じゃ。竹治郎は、強くならねばならぬ、じゃな……」

「はい」

桜之助は答えた。

生涯剣を交える気づかいのない若君とは違い、竹治郎は武士として、いつ剣を抜き戦わねばならぬときがくるかわからぬ。

（そのつもりでなくとも、剣を抜かねばならぬときがくるものじゃ……）

桜之助は、田中の蓮花寺池で結崎太夫と剣を交えた戦いを片時も忘れてはいない。

結崎太夫を刺し貫いた感触は、いまだに桜之助の手に残っている。

竹治郎にはあのような思いはさせたくはない。

させたくはないが、武士として生きていく以上、ふりかかる火の粉から逃げおおせるとは限らない。

「えいえい、えいッ」

桜之助の耳に、ふたりの幼子がそろえた掛け声が飛びこんだ。

勇ましい鉢巻きの白さが桜之助の目にはまぶしい。

（元服を控えたあたりかの……みどもが竹治郎を鍛え始めるのは……）

西谷道場仕込みの荒稽古を自ら竹治郎に施すのかと思うと、不憫《ふびん》でもあり、また楽しみでもある。

竹治郎が荒稽古に耐えられるかどうかはわからぬ。

（またそもそも剣の才があるかもわからぬではないか……）

桜之助は脳裏に浮かんだ先走った思いに、心中《しんちゅう》で苦笑いをする。

ふたりの打ち込みに目をこらしていた叔父御は、桜之助に小声で告げた。

「竹治郎の剣先……」

竹治郎が勢いよく振りおろした竹刀の先は、少しの流れもみせずにぴたりぴたりと止まっている。

「決して竹刀に振り回されてはおらぬ」

「親の欲目とは存じまするが……思うところに竹刀をとどめておるようにみえまする」

叔父御はふたりに目をむけたまま、桜之助をからかうような口調になった。

「強うなるぞ、竹治郎は……」

稽古が済み、神田橋門外の本多家上屋敷から辞去する叔父御は桜之助にささやいた。

「数に、の……」

桜之助の心の臓はどくんと鳴った。

かねて覚悟していた数の婚儀が、いよいよ動き始めたらしい。

「相手は……」

「出羽本荘、六郷佐渡守という話じゃ」

桜之助は頭のなかで思いをめぐらす。

心細げな数が桜之助に訴えている。

(そなたの意に染まぬようにはさせぬ……数っぺ)

桜之助は声なき声で数にしかと言いきかせた。

三

六郷家上屋敷は下谷《したや》広徳寺《こうとくじ》後《あと》にある。

桜之助は手土産をたずさえて、工藤直太夫を訊ねた。

手土産はありふれた菓子だ。

江戸留守居役同士の付きあいともなると、もっと値の張る品物や、ときには生《なま》の金品が飛びから例《ためし》もなしとはしない。

こたびは、主家の本多家の用向きではない。

しかも話がこじれるとどのような次第になるか、桜之助にも見当がつかぬ。

あくまで私《わたくし》として工藤を訪ねた体にせねば、数の永井家や主君本多家にもとんだ厄災を招きかねぬ。

桜之助は以前、留守居役の寄合で古参にからまれて困ってきた工藤を救った。工藤も桜之助に感謝して、後日、礼を述べるためにわざわざ足を運んでくれはした。

だが此度のような相談をもちかけて、工藤がどのように応じるかは全くわからぬ。

いや、わからぬどころではない。

（みどもならまず、とんでもない話を相談されたものだと困り果てるであろうな……）

桜之助としては、ほかに手だてを思いつかぬまま、とりあえず工藤のもとを訪れてみようというほどのもくろみだった。

どの家中でも江戸留守居役ともなると体面を保つためにきちんとした屋敷が与えられている。

幸い工藤は在宿だった。

屋敷を訪れた桜之助を、工藤はわざわざ奥から出むいて迎えてくれた。

「これは高瀬殿、よくお越しなされた……ささ、むさ苦しゅうございまするが……」

頬骨の張りだした顔をほころばせた工藤は、桜之助の手をとらんばかりにして奥へといざなってくれる。

途中、「奥や、奥」と声をかける。

「以前にも話したであろう、本多伯耆守さま御家中、高瀬桜之助殿じゃ……ほれ、江戸留守居役の集まりで拙者の危難を救うてくださった……」

廊下のむこうに年老いた女がかしずいている。

工藤の御新造だろう、と桜之助は見当をつける。

工藤は長年にわたり浪々の身の上だったという。

御新造は工藤に連れ添ってきた糟糠《そうこう》の妻といったところだろうか。

浪人の妻から突然、大名家の江戸留守居役の御新造と呼ばれる身となったが、まだまだ物馴れずおどおどとした様子だ。

「あ……あのう……その折には夫がお世話になり……ありがとうございます」

口ごもりながら桜之助に挨拶をし、何度も頭を下げる。

工藤を訪ねてくるものなど珍しいのだろう、客人である桜之助をどこに案内をし、どのようにもてなしたものか、見当もつかぬ様子だ。

工藤はひとり上機嫌で、「なにをしておる、酒肴《さけさかな》のしたくをせぬか……高瀬殿、本日は飯を食っていきなされ、飯を」と騒ぎ立てている。

桜之助は工藤を押しとどめるかのように告げた。

「いや工藤殿……本日は構えた訪問ではござらぬ。少《ち》と承りたき筋がござって、の……」

「さようでござるか。しからば……」

工藤は少し考えた様子をみせたのちに、桜之助をさらに奥へといざなった。

「まことむさ苦しゅうござるが、拙者の居室に参られよ」

工藤の居室には壁一面に書棚が作りつけられていた。

書棚には書物がぎっしりと押しこまれている。

書棚に入りきらぬ書物は文机の上や畳にも積み重ねられている。

桜之助は素直に感心した。

(さすがは兵学者じゃ……みどもなどが何度生まれ変わっても読み切れぬ書物を身近においておられる)

御新造が茶を運んでくる。

作法にかなった茶の出し方なのだろうかとおそるおそる振る舞っている様子がなんと

もおかしい。

「かたじけない。喉が渇いたゆえ、馳走になり申す」

桜之助は片手で大ぶりの茶碗をつかむと、なかの茶をひと息に空けた。

ふうっ、と息をついて茶碗を置く。

少々不作法だが、御新造は桜之助の様子にほっとしたようだった。

工藤も尖った頬骨の先をてらてらと赤くさせ、桜之助の様子を微笑みながら眺めている。

（さて、どのように切り出したものか……）

このたび、六郷佐渡守政速《まさちか》さまに御婚儀の話が持ちあがった。

白河殿の肝煎の御婚儀だ。

相手は永井日向守直進《なおのぶ》さま妹、すなわち数だ。

白河殿は天下の差配をすべて思うとおりにせねば気の済まぬ方だ。

六郷佐渡守さまは当年二十七歳。数の四歳年上だ。

「よい年回りではないか。のう」

白河殿は上機嫌で周囲のものに告げたという。

白河殿の意志は公儀の意志だ。

意にそむくなどはありえる話ではない。

桜之助の主君、本多伯耆守さまは白河殿の意を汲んで不本意ながら数を離縁した。白河殿にすれば、伯耆守さまの心底はかれた形だ。

続いて数を再嫁させれば、今度は永井家と六郷家の心底の確かめができる。白河殿が諸国諸大名を掌握する手口だ。

(なんとも垢抜けぬやり口じゃ……)

数は生涯夫は伯耆守さまただひとりと心に決めている。

数の志をなんとかして全うさせてやりたい。

(ああ……みどもに知恵があれば……)

桜之助はただただ歯がゆい。

江戸留守居役の宴席で助け船をだしたという、ただ一事をもって白河殿相手の相談をもちかけるとは迷惑な話……とはわかってはいるが、桜之助にとってとりあえず頼れる相手は工藤直太夫ただひとりだ。

意を決した桜之助は、工藤の顔をまっすぐに見すえ口を開きかけた。

桜之助が声を発するより先に、工藤が口を開いた。

「永井家御息女、数殿の御輿入れについてでございまするな」

桜之助はとっさに返答ができなかった。

「いや、あれ、まあ、その……」

工藤は微笑んだまま続ける。

「実は、でござる……そろそろ高瀬殿がお越しではないかとも思っておったのでござるよ」

桜之助は驚きのあまり見開いた目を工藤にむけ続ける。

「数殿は高瀬殿の御主君、伯耆守さまの前の奥方。また高瀬殿とは幼きころより親しき間柄と聞き申した」

いかにも朴訥《ぼくとつ》で不器用者《ぶきようもの》にみえる工藤だが、主君の縁談に関わる話ゆえ、周到に調べ上げているのだろう。

桜之助の来訪を、永井家の意を受けて内々に下打ち合わせにきたものとでもふんでいるに違いない。

（ところがみどもは、数っぺの縁談を壊す相談をしにきたのじゃよ、工藤殿……）

桜之助は心のなかで工藤に呼びかけた。

工藤のあきれ驚く顔が目に浮かぶ。

桜之助は意を決して口を開いた。

「その御婚儀についてでございまするが……」

「数殿の意に染まぬゆえ、なんとかならぬか……でござろう」

微笑みを浮かべながら言い放った工藤に、桜之助は大きくのけぞった。

「工藤殿……ど……どうしてそれを……」

「『敵を知る』は兵法の第一歩でござるよ…… いや、べつに数殿や永井家が敵、というわけではござらぬがな」

工藤はすました顔で続ける。

「ありていを申せば、の……当家も強いて数殿をお迎えしたいというではなし……公儀の中枢、白河殿よりのお声掛かりとあれば、悪い話ではない、というくらいでの……いや、これは数殿には失礼でござったか、はっはっは……」

あけすけな工藤の口調はかえって気持ちがよい。

「ところが調べれば、数殿には気がお進みではないご様子……夫と呼ぶは伯耆守さまただおひとりと心に決めておられるとは、あっぱれ、婦道の鑑《かがみ》にござる」

工藤はしみじみとした声になった。

「心がほかにあるお方を奥方としてお迎えするは、主君佐渡守にとって果たしてよきことかどうか……」

桜之助は先ほど出迎えてくれた工藤の御新造を思い浮かべた。

永きにわたる浪々の身の工藤に寄り添い続けた御新造の心根や、ふたりの夫婦としての温かなあり方が桜之助の身に染みる。

工藤は変わらぬ口調で続ける。

「拙者はさように心得たゆえ、家中の重鎮を順に説きに回っておりまするが、いやはや、なかなか骨が折れ申しての」

なにしろ白河殿のご意向にそむこうという話だ。

わずか二万石の六郷家にとっては、驚天動地の企てのはずだ。

「御家老からは、『大馬鹿者め』と面罵され申した。はっはっは」

工藤の声は、またあけすけな調子になっている。

(工藤直太夫という御仁……なかなかの人物ではないか……)

桜之助は心のなかで舌を巻く。

工藤は粘り強く家中を説いて回ったという。

人の情《じょう》は無碍にはできぬものという考えに動かされるものも出てきた。

「御婚儀を行わぬわけにはまいりませぬが、理由《わけ》さえ立つれば御輿入れはせずとも済ませられぬか、という話でござる」

「婚儀は行うが輿入れはせぬ、と……」

「さすれば白河殿のご意向にも従い、かつ数殿の志も遂げられまする……」

工藤は声をひそめ、続けた。

「まずは永井家三万六千石の格式をもって当家との婚儀に必要なお支度をなされい。道具などもすべてととのえ、当家上屋敷に運び入れるのでござる。婚儀は相済申候《あいすみもうしそろ》と公儀には大手を振って届け出をいたし、そのうえで……」

工藤は微笑んだ。

「数殿には病弱ゆえ、御輿入れはすぐにはかなわぬ。ご実家にて養生を続けられる……という筋書きでござるよ」

桜之助は工藤にむけて頭をさげた。

「みどももさっそく、永井家に伝え申しまする。永井家に否やはござりますまい」

「ただこたびはこたびとして、永井日向守さまのお国元は摂州高槻《せっしゅうたかつき》というう豊かなところ。当家でも、永井家との誼《よしみ》を末永く結びたいと考えるものも多《おお》ございますゆえ、ゆくゆくは本格の御婚儀も、と……」

「六郷家のご意向、みどもがお伝え申しまする」

桜之助は改めて頭をさげた。

「よい知恵を授かり、大いに助かり申しました……この御礼に、みどもにいかなることでもお申し付けくだされ」

頭をあげた桜之助には、工藤の目が、閃光を放ったかのようにみえた。

これまで工藤からは、ついぞ感じたことのない鋭い眼光だ。

「高瀬殿……武士に二言はござらぬな」

工藤は低く乾いた声で桜之助にささやく。

(なんなのだ……この気魄《きはく》は……)

気魄、というより殺気に近い力に、桜之助は気圧《けお》されそうになった。

桜之助の身体の奥から、内なる声が聞こえてきた。

(心して答えねばならぬ。決して、うかつな答えをしてはならぬぞ……)

桜之助は顔を崩し、声をたてて笑った。

「ははは……はははは……」

工藤は桜之助から目を離さない。

桜之助はひとしきり笑い、続けた。

「みども、『いかなることでも』と申しましたが、これはあやまりまする。目で煎餅《せんべい》を噛め、などと申されては、みどもも困惑するばかりでございますからな。ははは…

……」

工藤も桜之助と同じく、笑い声をあげた。

「はははは……目で煎餅を噛むなどと、高瀬殿も戯《ざ》れ言を」

「ははは……」

桜之助と工藤は、顔を見合わせながら笑い続ける。

桜之助の腋から腹にかけて、冷たい汗がひとしずく落ちた。

(工藤直太夫……明らかになにかを狙っておった)

剣術と同じだ。

桜之助がみせた隙を、工藤は逃さず突いてきた。

桜之助は皮一枚のところで身を交わしたといったところだ。

ふたたび態勢を立て直し、工藤に対峙《たいじ》していかねばならぬ。

奥方が小さな盆をささげて姿をあらわした。

やはり作法が気になるのか、へどもどした様子で盆を工藤と桜之助の間に置く。

盆には小さな銚子と小皿が二組、置かれている。

「あのう……なにもございませぬが……ひと口、お口を湿らせてくださいませ」

奥方の心づくしの口上だ。

桜之助は奥方に訊ねた。

「この小皿はなんでございまするか……黄銅色でついぞ江戸では見ぬものでございまする」

「これは……燻《いぶ》した沢庵漬けでございます……国元出羽の名物で……江戸の方々のお口には合いますまいが……」

「いや、これは珍しい……いただきまする……」

桜之助は工藤の勧めもまたず、先に箸をとって小皿に伸ばした。

塩を強くきかせた沢庵漬けを燻した苦味が桜之助の口の中にひろがる。

奥方は心配そうに桜之助の様子を見まもっている。

「これは珍味でございますな……飯を何膳でも替えられそうな……」

桜之助に酒をさしていた工藤は、奥方に命じた。

「それ、奥や……高瀬殿は飯を食されるとおおせじゃ。飯と汁のしたくを致せ……高瀬殿、実に愉快でございますな。ひとつゆるりと参りましょうぞ……」

四

じとじとと雨が落ち、蒸し暑い。

桜之助は朝早くから他家の江戸留守居役のもとに出かけたが、先方に故障がはいり屋敷に戻ってきたところだ。

「ふへぇ……御乳母《おち》のお方が旦那さまに、ちょっこらお越しくんなせえ、ちゅうでのぅ……」

「御乳母の人が……」

御乳母の人からのお呼びたてとなると、どうせろくな話ではない。

（また獅子右衛門殿がやらかしたか……）

叱られるも相役のつとめ、と桜之助は覚悟を決める。

髷や鬢が含んだ水滴を手拭いで押さえ取ると、桜之助は上屋敷の勝手に回った。

広い勝手の土間では大きなへっついで勢いよく炊かれ、大釜に湯が沸かされている。

湯を絶やさぬは、武家の心得のひとつだ。

湯気と雨で湿った土間の匂いで少々息苦しい。

下働きの爺さんや婆さんたちが土間に敷いた筵に車座になり、豆のさやを小枝からむしりとっている。

桜之助の姿に気づいた婆さんが、素頓狂な声をあげた。

「ありゃありゃ、高瀬さまがお越しだよ……」

豆をむしっていた爺さん婆さんがそろって桜之助にむけて顔をあげた。

「高瀬殿……ご苦労でござりまする……」

湯気で白くくもった土間の向こうから、女の声がする。

奥から女が姿をあらわす。

江戸家老、藪谷帯刀さまの妹御、御乳母の人だ。

帯刀さまは家中でも廉直剛毅なお人柄として知られているが、桜之助のみるところでは、御乳母の人の謹厳さたるや帯刀さまの比ではない。

御乳母の人は婆さんがそろえた草履《ぞうり》を下も見ずに滑らかに履くと桜之助の前に立った。

「このところ若君には……魚の肝をたいそうお好みで……」

桜之助の腋の下を冷たい汗がしたたり落ちた。

どうでも、ろくでもない話でお叱りを受けるような気がする。

「村松獅子右衛門殿が中食の弁当を持参されており、鰹《かつお》のへそなるものを旨そうに食しておったを若君が所望され、お聞きわけにならぬ」

「鰹の……へそ……」

鰹のへそは、田中より海にむかった鰯ヶ島や城之腰の浜に揚がる鰹の心の臓だ。血なまぐささを消すために生姜《しょうが》をうんと利かせ、醤油をしみこませながら煮込む。酒によし、飯によしのひと品だが、浜の漁師たちの食べ物だ。田中でも、武家の食膳にのるような代物ではない。

桜之助には、御乳母の人の目が光ったようにみえた。

「鰹のへそ、なるもの、獅子右衛門殿は国元田中から取り寄せたよし……そなたの祖父御、高瀬甚兵衛殿に頼んで、の……」

「え、えええ……」

桜之助は思わず声をあげた。

(高瀬の爺さまときたら、またなんということをしてくれたのじゃ……おそらくお役目に必要とかなんとか、獅子右衛門にたぶらかされたに違いない……)

御乳母の人は桜之助の動揺に気づいたそぶりも見せずに続ける。

「若君にもあまりの御むずかりじゃ。獅子右衛門殿に毒味をさせ、若君の食膳に供させたのじゃ。むろん、わらわも獅子右衛門殿と同じく毒味をいたしたが、の……」

「旨《うも》うございましたか……」

おそるおそる訊ねた桜之助はすぐに後悔した。

（うわあ……どうしてみどもはこう、つまらぬことをお訊ねしてしまうのか……）

桜之助は御乳母の人の顔色をうかがった。

（んん……）

兄君帯刀さまより謹厳なはずの御乳母の人の口元が微かにゆるんだような気がする。

いや、確かに笑みをこぼされた。鰹のへ、そがお気に召したにちがいない。

御乳母の人はすぐに顔色を戻し、続けた。

「若君がお好きなものを供するにはやぶさかではないゆえ、魚類の肝なども魚あきんどから取りよせなどいたしておるのじゃが、の……」

若君の食膳に供されるものは、すべて御乳母の人の目をとおらねばならぬ。

米や野菜は、帯刀さまの知行の村で名主自ら丹精した品だ。

煮炊きの水も、御乳母の人が食事ごとに手ずから井戸の釣瓶を上げ下げして汲んでおられる。

魚類だけは江戸の魚屋のうちでもしっかりしたものを選び、届けさせている。

「ところが、じゃ……」

昨日魚を届けにきた男は、ついぞ見なれぬ男だった。

見たところは気っ風がよく如才ない気持ちのよい魚屋だ。

「へえ、いつものレコが鼻ッ風邪で……かわりに参上いたしやした……若さまァ、魚の肝がお好きだとか、へへ……頼もしいや……こいつぉ、お試しくだせえ、とレコが申しておりました」

魚屋は言い残して去っていく。

御乳母の人は、桜之助の背後にむけて声をかけた。

「で、魚屋の行方はわからず、じゃな……」

いつの間にか濃い鼠色の出で立ちの小男が控えている。

御乳母の人がつかっている手のもののひとりだ。

「は……すぐに後を追い申しいたしましたが、素早き男にて……」

御乳母の人は、桜之助の顔をまっすぐに見すえ告げた。

「かのものが持ちこみしは、河豚《ふぐ》の肝……」

「なんと……」

御乳母に人は桜之助に重々しくうなずいた。

「御守役殿……いっそう、お気をつけあそばすよう……たのみましたぞ……」

御乳母の人との話を終え、桜之助は庭先から若君の居室に伺候した。

「いずくに参ろうというのじゃ、獅子右衛門殿」

桜之助は訊ねた。

じとじととした雨が落ち、蒸し暑い。

「いえのう……若君を江戸市中にお連れ申そうと思っての……」

悪さをしようとしておとなに見とがめられた子供のように目をきょとつかせている。

獅子右衛門の声は心なしかうわずって聞こえる。

桜之助は笑いだしそうになるところをようようの思いでこらえ、獅子右衛門に告げた。

「江戸市中に……と申して、なにもかような雨のなかをお連れするものでもなかろう」

「いや、のう……蓑笠を着し、足を泥にして歩くも、また一興で……」

「足を泥に、とはむしろ逆……ひとかどの武士はなるべく足元を濡らさぬものとお教え申さねばならぬはず……」

「そこは常在戦場、の心意気を、の……若君にも戦《いくさ》の心を……」

剣術の腕はからきしな獅子右衛門が、戦だのなんだのと言いたてる様子はますます面白い。

みれば竹治郎はすでに蓑を着け、若君の支度を待っている。

江戸市中への微行《しのび》を危ぶんでいた桜之助だったが、若君が町から多くを学んでおられる様子だ。

あるときには獅子右衛門は若君を町の湯屋《ゆうや》に連れていったという。

話を聞いて桜之助はわが耳を疑った。

若君の見聞を広げるためならと獅子右衛門の思うとおりにさせていた桜之助だったが、まさか、町人たちが多く集まる町の湯屋に大名家の若君をお連れするとは。

（そのうち、けしからぬところなどにもお連れ申すのではあるまいの……獅子殿……）

若君ならずとも、子供は湯屋ではしゃぐものだ。

湯の飛沫が若い職人の顔に飛んだらしい。

「なにしやがンでェ、この餓鬼が……」

怒った職人の大声が湯屋に響きわたる。

「いや、あのときはさすがに拙者も慌てたわ……」

獅子右衛門の述懐に桜之助は、（そうなる前に慌てるものじゃ）と心のなかで応じる。

湯屋では刀は御法度《ごはっと》だ。

入浴前に番台に預ける。

獅子右衛門は転がっていた手桶をつかむと、若君を守ろうと職人にむかって突進していく。

が、心配は無用だった。

若君は素裸で立ちはだかる職人を見あげると、ぐっと顎を下げ、よく通るはっきりとした声で告げたという。

「これは大きな粗相《そそう》……お許しくだされ……」

若君と並んだ竹治郎も、声を張りあげた。

「お許しくだされ……」

大人の腰ほどの背丈しかない子どもふたりが並んで声をそろえて詫びる姿に、怒り狂っていた職人も毒気を抜かれたようだった。

「こいつァ……まあ綺麗な若さまたちじゃねえか……兄弟《きょうでえ》かぁ、役者衆かぁ、お人形みてえだ……アハハハハ、さ、もういいってことよ。身体ァ醒《さ》めちまう。さっさと湯に入《へえ》んな……いいかい、しぶきがとぶから湯ぅへは静かに入《へえ》るもんだ、気をつけなくっちゃいけねえよ」

職人は手桶を提げた獅子右衛門のかたわらをすりぬけ、出ていった。

「若君……素直なお方じゃ……」

話を聞いた桜之助の鼻の奥が熱く痛くなった。

ただ甘美な痛みだ。

「数っぺ、安心しな……若君はよい性質に育っておられるぞ……」

雨は次第に大きく重たい粒にかわっていった。

桜之助も簑笠を身につけ、若君と竹治郎の小さな背中を見まもりながら歩いてゆく。

雨のなか往来の人通りは少ない。

平素であれば屋敷に閉じこもって過ごさねばならぬところを雨のなかの微行《しのび》だ。

子どもたちは楽しそうに泥を蹴立てて足早に進んでいく。

（やれやれ……足元が泥だらけじゃ……かなわぬわ……）

どれだけ気をつけてあるいても、桜之助の白足袋には細かな泥はねが点々と模様をつけていく。

桜之助は身につけるものの汚れには人一倍気になる性質《たち》だ。

（ったく……獅子殿はろくな教えを垂れておらぬではないか……）

獅子右衛門を恨めしくも思うが、先をゆく若君と竹治郎の小さな背中はいかにも楽しげにはずんでいる。

（してみると、市中のものたちの様子をよっく見聞きさせるように……という殿の思し召しに叶うておるのか……）

桜之助と肩を並べて歩く獅子右衛門は、いつになく顔をうつむけている。

何か考えごとをしながら歩いている様子だ。

「村松殿、いかがなされた……お疲れであれば戻ろうぞ……」

桜之助に声をかけられた獅子右衛門は顔をあげ、にいっと白い歯をみせた。

「いや、大事ござらぬ。大事ござらぬよ……」

桜之助の耳にも、獅子右衛門の村松家の家督相続についての手続きが意外に手間取っているらしいという話が聞こえてきている。

甥にあたるものを村松家当主として迎え、獅子右衛門は晴れて隠居、という段取りを踏むはずのところがなかなか話が前に進まぬらしい。

「此度は国家老の……生駒監物さまの肝煎《きもいり》、とうかがっており申した……生駒さまのお声掛かりがあれば話は早いはず……」

「拙者も生駒さまには再三再四、お願いを申しあげておるのじゃが、の……」

御用煩苛《ごようはんか》ゆえ、今しばらく待てという返答が続いているという。

生駒監物に、なにか魂胆があるのだろうか。

「いや……そんなものはござるまいが……」

獅子右衛門は顔を伏せたまま、うめくように答えた。

桜之助には、獅子右衛門の顔が耐えがたい苦痛に歪んでいるよう思えてならなかった。

平素の微行《しのび》とおなじく、神田明神の境内に入っていった。

境内でしばらく遊んだのち、屋敷に戻るならいだ。

雨粒はますます重たくなっていく。

簑笠で覆いきれない手の甲や首筋にあたる雨粒も、生ぬるく油のように肌にまとわりつく。

雨ものかわ、境内を走り回っている若君と竹治郎をまっすぐにみながら、桜之助は目の端で境内の隅々に目を配った。

「村松殿……」

桜之助に呼びかけられた獅子右衛門は、「ああん……」と至極のんきそうな声で応じる。

桜之助は竹治郎にむけて大声を張りあげた。

「若君をお守り申せ、竹治郎ッ」

桜之助の声に竹治郎はすぐに両手を広げ若君をかばう姿勢になった。

「そこの……楠《くすのき》を背にいたすのじゃ」

竹治郎は言いつけどおり若君を楠の大木の前に立たせ、いつものように両手を広げてお守りする。

もみじのような小さな掌をいっぱいに開いた竹治郎の姿は健気だ。

桜之助は竹治郎の前に立ち、腰から大刀を抜き放った。

五人の男が扇型に桜之助たちを取り囲んでいる。

揃って黒い覆面を着けている。

五人とも剣術の構えはひととおりできている。

単なる辻斬り、物盗りの輩《やから》とは思えぬ。

桜之助はぐっと腰をかがめ、曲者たちの様子をうかがう。

構えはできているが、五人とも腕前は桜之助の相手ではない。

桜之助は低くした態勢のまま、「ふぬッ」と短く気を吐いた。

「引け……引けい……」

首領らしい男の声に、曲者たちは一斉に散ってゆく。

桜之助は「ほおっ」と息を吐くと大刀を鞘に収めた。

「曲者とは……本多伯耆守さまの若君と知っての狼藉であろうか……」

いつのまにか竹治郎と並んで若君の前に立ちはだかっていた獅子右衛門が声をかけた。

「みなりのよき若君ゆえ、無頼の物盗りに目をつけられたのであろうかの……」

獅子右衛門の言葉に桜之助は「さ、それはわかり申しませぬ」と短く応じる。

桜之助は向きなおり、若君に訊ねた。

「大事ございませぬか、若君……」

「うん。大事ないぞ」

若君の声は興奮からか少し弾んでいる。

「獅子じいが余の身近にて守ってくれたゆえ、心強かった……少しもおそろしいことなどなかったぞ……」

第四章　贄《にえ》狩《がり》

一

梅雨が明け、夏の蒸し暑い毎日を予感させるかのように顔にぬめっとした湿気がまとわりつくようになった。

浜島新左衛門が椿事《ちんじ》を知らせに桜之助の屋敷に飛びこんできた。

「たたた……大変でおます」

朝餉の前に洗顔をしていた桜之助は取り急ぎ居ずまいを正すと、奥の座敷に新左衛門を招じいれた。

「大乃の……定九郎はんが……」

湯飲みの水を一気にあけた新左衛門は、前のめりになりながら早口に桜之助に告げる。

「火盗の連中に連れていかれましてン……」

「なに、火盗に……」

絶句した桜之助の脳裏に、火付盗賊改方長谷川平蔵の不敵な笑みが蘇る。

吉原の茶屋で、浦会への裏切りを断った桜之助に平蔵は不敵に言い放っている。

「いいんですかい……高瀬さま……」

気を取りなおした桜之助は新左衛門に訊ねた。

「してご老人……服部内記殿は……」

「へえ……それが……」

新左衛門は言いよどむ。

「下手には動けぬ、と言うてはりましてン……」

「動けぬ、と……」

桜之助は吉原の茶屋での平蔵の言葉を思い出した。

今では京のかしこきところに仕える公家の武家伝奏、久我家の侍として浦会に名を連ねている新左衛門だが、もとは盗賊であったという事実を火盗はすでにつかんでいる。

「内記さまがおっしゃるにはデんなァ、わては公家侍やから火盗も手出しはでけんので、かわりに町人の定九郎はんに目をつけたのやろう、て……」

「ううぬ……」

「火盗は、このところの似せ絵の下手人として浦会を疑《うたご》うてます。浦会を調べる理は火盗にある、と内記さまはおおせで……」

下手に動けぬといえども相手は泣く子も黙る火盗だ。

連れていかれた定九郎がどのような目にあうやも知れぬ。

桜之助は権助に身支度を命じた。

「わても一緒に……」

「いや、そなたは火盗より目をつけられている者ゆえ、しばらくは自重しておられよ……火盗屋敷にはみどもがおもむき、定九郎の様子など探って参る」

黒羽織に袴を着した桜之助は、江戸留守居役の格式で許されている駕籠に乗った。

江戸生まれの江戸育ちの桜之助は、馬や駕籠は好まない。平素はなるべく江戸の風に顔を撫でられながらの徒歩《かち》を心がけていたが、此度は違う。

(浦会として動けぬというのであれば、本多伯耆守江戸留守居役の格式で火盗と対峙《たいじ》するまでだ。

「清水門外、火付盗賊改、長谷川平蔵の役宅へ」

「へぇぇぇぇいいぃぃぃ……」

桜之助が行く先を命じると中間が声を張りあげ応じる。

駕籠が静かに地を離れた。

定九郎をとらえた火盗の思惑は、桜之助には十二分にわかっている。

浦会の内情をさぐるために、再度桜之助を釣りだそうという魂胆だろう。

(思惑にのってやろう、長谷川平蔵……)

日が昇り、地からの温気が駕籠のなかにもたちこめてくる。

桜之助は額に浮かぶ汗の粒を懐紙でぬぐった。

清水門外、火盗の役宅までは四半時(三十分)ほどだろう。

二

「本多伯耆守、江戸留守居役、高瀬桜之助と申す。火付盗賊改方、長谷川平蔵殿に火急にお目にかかりたい。然るべく」

門番に来意を告げた桜之助は、すぐに役宅に通された。

火盗にとらえられたものたちは、役宅の奥にある牢に入れられる。

火盗の取り調べは苛烈として知られている。

とらわれた定九郎の身の上が案じられてならぬ。

桜之助は中庭に面した座敷にとおされた。

庭の木々はよく手入れをされている。青臭さを含んだ朝露の匂いが座敷にも流れ、しばし蒸し暑さを忘れる心地がする。

きちんとした座敷や庭のしつらえは、平蔵の好みなのだろうか。

清水門外の火盗屋敷からは、昼となく夜となく捕らわれたものたちが責めさいなまれる悲鳴が聞こえてくる、とは江戸の町での評判だが、通された部屋の様子からすると屋敷の主人は江戸の町を震えあがらせている火盗を率いるものとは思われぬ。

むしろ、日々の暮らしをゆったりと楽しむ落ち着いた心根の文人肌の主人ではないかとさえ思われる。

しばらくして、桜之助が見知った男が姿をあらわした。

馬面で年かさの同心、奥田だ。

奥田は桜之助に対峙すると、まっすぐに目をむけ口を開いた。

「せっかくのお越しではございまするが、長谷川平蔵はあいにく不在にございまする」

桜之助はとっさに心のうちでつぶやいた。

（嘘だ）

役目柄、早朝から役宅を開ける例《ためし》もあろうが、平蔵は不在を装っているのだと桜之助は確信した。

役宅のなかで気持ちのよい座敷に通されたり、奥田に妙に落ち着いた応対をされたり、まるで桜之助の来訪を予測していたかのようだ。

(それならそれで構わぬ……みどもも存念を申すまでじゃ)

桜之助は奥田の顔を見すえて訊ねた。

「先般、本所の『大乃』なる貸席の主人《あるじ》、定九郎を火盗が捕縛いたしたというが真実《まこと》でござろうか」

奥田は顔色にはなにもあらわさず、桜之助の顔をまっすぐに見すえ続けている。

桜之助は続けた。

「定九郎がいかなる科《とが》で火盗の縛めを受けねばならぬのか、それをお聞かせ願いたい」

「高瀬さま……」

奥田が静に口を開いた。

低く抑えられた声は、桜之助をなだめようとしているかのようだ。

「大名家のお歴々が、われら火盗ごときにかかるお問い合わせとは、異な話でございますな……」

奥田は顔をぐっと桜之助に近づける。

「伯耆守さまのお名にも障《さわ》りますぞ……」

いい果てもさせず、桜之助は奥田を一喝した。

「もとより、みどもは先ほど名のりしとおり、本多伯耆守江戸留守居役として参っておる。定九郎は関わりのものゆえの問い合わせじゃ。火盗方にも、心してご返答めされい」

平蔵が屋敷にいるとすれば、隣座敷にでもひそんで桜之助の言葉を聞いているはずだ。

桜之助は平蔵に聞かせるよう、声を張りあげた。

奥田は近づけた顔を離し、元のごとく桜之助の顔を見すえた。

奥田の顔には満足げな色が浮かんでいる。

奥田は口元をゆるめると、穏やかな声で桜之助に告げた。

「定九郎と申すもの、確かに当屋敷でお預かり申しておりまする……いやなに、手荒なことはいたしてはおりませぬゆえ、なにとぞご安心を」

奥田は再び顔を桜之助に近づけた。

「火盗にも立場がございます……江戸も町を揺るがす似せ絵の一件、どのような手を尽くしても解決せねばなりませぬ……少しでも怪しき者は目こぼしをするなとの平蔵の命でございますゆえ……」

「浦会は似せ絵になど、なんの関わりあいもない」

言い放つ桜之助をなだめるかのように、奥田は続けた。

「ではございましょうが……火盗も江戸の町の不安を鎮めるべく、白河殿から連日きついお達しを受けておりまするゆえ……ここはなにとぞ……」

奥田は少し顔を伏せて続けた。

「また高瀬さまが、かのものについてお話しくださるとなれば、火盗の対応も変わりましょうが……」

奥田から『かのもの』という思いがけぬ言葉を聞いて桜之助は声をあげた。

「かのものとは……」

「いえ、高瀬さまが軽々《けいけい》にかのものについて口にされるとは思うてはおりませぬ……ははは……」

空笑いに続けて、奥田は庭に目をむけつぶやいた。

「永井日向守さまの妹御……数さまと六郷佐渡守さまとの御婚儀……六郷家の工藤直太夫とか申す御仁の立ち働きはみごとであったようでございまするな……」

平蔵は桜之助に、数と六郷家との婚姻を持ちだし、脅すような目をむけていた。

身構える桜之助に、奥田はおだやかな目をむける。

「白河殿はよろずのことを御意に従わせねば気の済まぬお方……その白河殿の御意に従いながらも、実際の御輿入れはなされぬという形……白河殿も歯嚙みをされておったようにございますぞ」

六郷家の家中は工藤がおおいに汗をかいてまとめ上げてくれた。数は形のうえでは六郷家に嫁いだ話になるが、病のため輿入れはかなわぬとして永井家の中屋敷暮らしを続ける次第となった。

「いやはや、工藤直太夫殿にはみごとな働きぶり……手強《てごわ》い相手で……」

奥田は庭に目をむけ、「実に手強い……」と繰りかえした。

三

桜之助は定九郎のための着替えなどの包みを奥田に託した。

「手荒なまねはいたしてはおらぬゆえ、ご安心を」という奥田の言葉を信じた形だ。

「白河殿が浦会に素直な目をむけてはおられぬ以上、火盗も浦会に手を伸ばしているという形をみせねばおさまらぬので……」という奥田の話も、江戸留守居役としてさまざまな出来事を見聞きしてきた桜之助にはわからぬでもない。

「高瀬さまが、浦会での話を火盗にも漏らしてくだされればよろしゅうございますが」

「戯《ざ》れ言を申されるな。断る」

言下に吐き捨てた桜之助に、奥田は気を悪くする様子もみせずおおらかに笑った。


桜之助は清水門外から本所の《大乃》に向かった。

定九郎捕縛を受けて、浦会の面々が集まっているはずだ。

江戸留守居役としての駕籠は屋敷に帰らせた。

火盗屋敷へは敢えて駕籠を使ったが、浦会はあくまで本多伯耆守家とはかかわりなく、高瀬桜之助ひとりの立場でかかわっている集まりだ。駕籠乗り物はふさわしくない。

大川が近づくにつれて、桜之助の顔を撫でる風も重たくなってきた。

湿気の粒を感じるほどではないが、潮の匂いが混じった風が桜之助の鼻腔にまで入ってくる。

梅雨明けの江戸の風らしい匂いに包まれながら、桜之助は新大橋を渡った。

どのようにすべきか、考えはまとまらぬ。

火盗が定九郎を捕縛してまで浦会を揺さぶりにかかるには、ただ白河殿の手前という
だけではない魂胆があるような気もする。
なにしろ相手は名うての長谷川平蔵だ。
よっく見きわめて動かねばならぬ。
《大乃》にはすでに浦会の面々が集まっていた。
《大乃》での浦会の楽しみは、定九郎があつらえてくれるうまい料理だ。ときには南蛮
風の白身魚の油揚げや、清国の豚肉料理なども供される。
定九郎が火盗に捕縛された以上、《大乃》で料理などは出てくるまい、と思っていた
桜之助は驚いた。
座敷には旨そうな匂いが立ちこめ、皆がてんでに皿に盛られた料理をつついているで
はないか。
ただ常の《大乃》での集まりなら、ひとりひとりの前に膳が置かれるところだが、定
九郎が不在ゆえ膳部までは行きとどかぬ。
そのかわり、大皿に盛られた旨そうな食べ物を、各々が掌を手塩かわりに使って食べ
ている様子は至極楽しそうだ。
「おお、高瀬殿も参ったか……」

少々酒をきこしめしている様子の松山主水が桜之助に声をかけた。

「《大乃》での集まりには、なにか旨いものが無《の》うてはかなわぬ、と皆の思いは同じだったようじゃ……それぞれ手土産代わりに酒肴《さけさかな》を持ちよってきたのじゃよ」

桜之助は改めて大皿に盛られている食べ物に目をやった。

桜色の鮭の輪切りにまっ赤な筋子が詰められている料理がある。

仙台伊達家の後藤頼母が持参した子籠鮭《こごもりさけ》だ。

頼母は得意そうに桜之助に告げた。

「将軍家御用の品ゆえ、伊達家家中でも統制されておる品じゃ……」

周囲から桜之助に声が飛ぶ。

「高瀬殿には飯が必要じゃろう」

「おっと、定九郎がおらんので、白飯までは気がまわらなんだ」

「いえナ、おむすびならおまっせ」

浜島新左衛門が小さな握り飯を桜之助の目の前ににゅっと突きだす。

皿には子籠鮭のほかに、海苔や小さな貝を煮た料理ものせられている。

松江の名物で沢松伊織が持参した十六島海苔《うっぷるいのり》と、服部内記がもってきた桑名の名物、浅蜊《あさり》のしぐれ煮だ。

（これはいっそう、飯がすすむわ……）

桜之助は新左衛門持参の握り飯を遠慮無く三つ平らげた。

服部内記はいつもの『欣の古鉄の鍔』の座で静かに杯を傾けている。

定九郎を捕縛するとは、とりもなおさず、火盗より浦会への挑戦だ。

火盗と対峙するとなると、白河殿や公儀との対決となる。

浦会も軽々には動きがとれぬ。

善後策を考えるにあたって、「ひとまずは旨いものでも食して考えようではないか」と酒肴を持ちよるとは、おそらくは内記の考えを主水あたりが浦会の面々に周知したのだろう。

《大乃》の座敷は定九郎の身の上を案じてとげとげしくなるどころか、皆ほどよく酒肴を楽しみ、おだやかな座になっていた。

内記から桜之助に声がかけられた。

「高瀬殿には今朝方より火盗屋敷におもむき、次第を確かめに行かれた由……いかがでござったかな……」

桜之助は白湯で喉を湿すと、一座に向きなおった。

四

桜之助は一同に、火盗屋敷での奥田とのやりとりを話した。

「定九郎は手荒なまねは受けてはおらぬと……奥田とやらの言葉、信じてよいのか」

松山主水の声が飛ぶ。

桜之助は主水に向きなおり告げた。

「みどもには奥田の言葉は信じられ申しました」

桜之助は続ける。

「しかし名うての火盗のこと、真実、信じてよいかどうかはわかりませぬが……」

桜之助は一同を見回した。

「万に一、定九郎が手荒なまねを受けているにせよ、火盗屋敷の奥深くでございます。われらに手出しはできませぬ……手出しができぬからには、定九郎にはなにごともないとして動きを決めるしかございますまい。また……」

続けようとした桜之助の機先を制するかのように、今まで黙って杯を傾けていた服部内記が口を開いた。

「また、火盗の奴ばらが我ら浦会を従わせようとするならば、定九郎を痛めつけるありさまを見せつけこそすれ、手厚く扱っておるなどと申すはずもござらぬの……」

内記は杯を置き、よく通る静かな声で一同に告げた。

「定九郎は無事じゃ。定九郎の身を案じるには及ばぬ……が、さて我らの動きも、なかなかむつかしゅうなってきたの」

主水が腕組みをしてうなずいた。

「定九郎になにごともなくとも、我ら浦会は身内を火盗に人質に取られておる形じゃ……動きがとれぬ」

桜之助は、頭に浮かんだ考えを口にしたものかどうか迷った。

(火盗は、浦会を動かせぬために定九郎を捕縛したのだ……火盗は白河殿の意を受けて浦会の動きを封じたのじゃ……)

内記も主水の言葉をくり返している。

「さよう……我らは動こうにも動けぬ……」

桜之助はなおも思いをめぐらす。

(このままむざむざと手をこまねいていれば、白河殿の思うつぼじゃ……決して……決して世のためにはならぬ……)

浦会は、『えもいわれぬ世の不安や不満をいちはやくかぎ取り、天下の安寧を図る』を旨としている。

浦会が従うべきは、世の人々の声なき声だ。

世のためになるかならぬかを浦会自らが判断し、動くべきではないとは桜之助もわかっている。

ただ江戸の風はすさんでいる。

似せ絵の凶行が相次ぎ、人々は怯えている。

桜之助の耳の奥で、鉄仙和尚の声がよみがえる。

「似せ絵に描かれて命を奪われしものたちは……世にも怖ろしきもくろみの贄《にえ》にされたやもしれませぬぞ……」

桜之助は辛抱できずに叫んだ。

「いや、動かずばなりますまい」

一同は桜之助に顔をむけた。

「気味の悪い似せ絵の一件ひとつとっても、人心の動揺は明らかでござる。これは探らねばなりますまい」

「悪人の詮索は公儀の役目ぞ」

内記は少し語気を強めて桜之助に応じた。

「我ら浦会は、えもいわれぬ世の不安や不満をいちはやくかぎ取り……」

「天下の安寧を図ること、でございましょう。天下の安寧を図るために動くも、浦会の役目と心得まする」

桜之助は内記をにらみつけ、続ける。

「たって動くべからず、と申されるのであれば、みどもはまた浦会から離れまする……かのものとともに……」

桜之助が叔父御に預けているかのもの、中井大和守の千代田の城の絵図は、浦会が公儀の喉元に突きつけている短刀に等しい。

かのものがなければ、公儀にとって浦会など何ほどのものでもなくなる。

内記は桜之助をにらみつけたまま、内からわき上がってくる声を押さえつけているかのようだ。

ぎりぎりと内記が歯噛みをする音まで聞こえてきそうだ。

内記はようようの思いで絞り出したような声で桜之助に応じた。

「高瀬殿の好きになさるがよかろう……」

言い放ったあとも、内記は桜之助を睨み続けている。

「ものごとは、そうたやすくはないぞ……覚悟はあろうの、高瀬桜之助殿……」

内記の声が聞こえてきそうだ。

内記は、火盗やひいては白河殿にむざむざと従い浦会の動きを止めようとしている。

内記の意図は何処《いずこ》にあるのか。

(内記がなにをもくろんでいようが構わぬわ)

桜之助は内記から顔をそらし、口元を引き締めた。

(世を騒がす似せ絵のからくり、みどもひとりでも暴いてみせようぞ)

五

「……とは申しましても、さて、どこから手をつけたものか……」

芝の増上寺境内にある鉄仙和尚の庵は、相変わらず居心地がよい。

桜之助は和尚が淹れてくれた茶をひと口すすり、息をついた。

まん丸の顔の和尚は、「ホッホッホッホ……」と笑い声をあげ、桜之助に顔と同じくまん丸な目をむけた。

「高瀬さまは、いつぞやと同じく、また服部内記さまと喧嘩をなさって浦会を飛びだしたのでございますな」

六年以前、内記から『かのもの』、すなわち中井大和守の手になる千代田の城の抜け穴の絵図を渡すよう強要された桜之助は浦会と袂を分った。

こたびも同じ形となる。

和尚のからかうような口調に、桜之助は「まあ……そうでございますな」と短く応じ、ふたたび熱い茶をすすった。

和尚は笑い声に続けて桜之助に告げた。

「どこから手をつけるもなにも……愚僧の目にはことの次第はあきらかに映りまするが……」

桜之助は顔をあげ、和尚の顔を見すえた。

和尚は相変わらずまん丸な顔におだやかな笑みを浮かべている。

「御坊は、いかがお考えで……」

膝を乗りださんばかりにして問いかける桜之助を制するかのように、和尚は静かな声で続けた。

「愚僧がまだ修行僧の時分でございます……陸中の遠野（岩手県遠野市）から来た雲水

からおもしろい話を聞きましての……」

桜之助は乗りだしかけた身体を戻し、和尚の言葉を待つ。

「遠野の近在の村に吉公《よしこう》という男がおったそうで……この吉公、ちと血のめぐりが悪い男で、村のものは『吉公馬鹿』と呼びながらも皆でなにくれとなく世話をしていたそうにございます」

和尚はここでぐっと声をひそめて続けた。

「この吉公には不思議な力がありましてな……どうしたことか昼日中《ひるひなか》に、突然に大声をあげてわめき散らしながら駆けだすと、どこかの家に向けて石を投げ『火事だぁ』と叫ぶのだそうでございます」

村人は、どうせ馬鹿のすることだと放置している。

「すると何日もたたぬうちに、石を投げつけられた家は必ず火を出した、と……」

桜之助の背筋にぞぞっと寒気がはしる。

桜之助は湯飲みを取りあげ、残った茶をすすると和尚の言葉を待った。

和尚はまん丸な顔を桜之助にむけたまま黙っている。

桜之助は和尚に訊ねた。

「おしまい……でございますか」

「おしまいでございます」

和尚はすました顔で応える。

桜之助は肩すかしを食らったかのような気分だ。

和尚は桜之助の様子に、また「ホッホッホ……」と声をあげて笑った。

「おわかりになりませぬか」

「はあ……」

桜之助は我ながら頼りない声になっている。

和尚は笑みを浮かべたまま桜之助に告げた。

「吉公が石を投げた家が火を出す、似せ絵に描かれたものが非業の死を遂げる……似ておりましょう」

「たしかに」

「家が自ずから燃えるはずはございませぬ。また絵に描かれたものの非業の死も、そう立てつづけに起こるものでもござりますまい……さすれば、ことの次第は明らかではございませぬか」

「しかし、似せ絵の件につきましては……」

桜之助は膝をすすめて和尚に反問する。

「似せ絵を描きし斎藤十郎兵衛の身辺はすでに火盗が改め、あやしきふしはない、と……」

いいながら桜之助は、ふたたび背筋にはしる冷気を感じた。

和尚は黙って桜之助を見つめている。

桜之助は心に浮かんだ疑念を口にした。

「斎藤十郎兵衛にあやしきふしはないと申すは、火盗の言い分……」

和尚は笑みのなかにも強い力をたたえた目を桜之助に据えた。

「似せ絵の一件の背後には、吉公どころではないとんでもない馬鹿もの、いや、神仏をも怖れぬ大悪魔《だいあくま》がおるやもしれませぬぞ」

桜之助は、以前に和尚がもらしたつぶやきを思いだした。

「似せ絵に描かれて命を奪われしものたちは……世にも怖ろしきもくろみの贄《にえ》にされたやもしれませせぬぞ……」

和尚が気を変えようとするかのように桜之助に声をかけた。

「ところで高瀬さまは、あの怖ろしい火盗屋敷にひとり乗りこんでいかれた由……あすこには牢もあり、また責め場も設けられていると申します……清水門外の火盗屋敷からは夜となく昼となく、責められる悪人たちのうめき声が聞こえるという噂……火盗屋敷はさぞ気味の悪いところでございましたでしょうな」

桜之助は奥田と対座した火盗屋敷の座敷を思い起こした。

きちんとととのえられた座敷や、座敷から眺めた庭の木々の青さが気持ちよい。

「いや、それが……」

青臭さをふくんだ朝露の匂いまでもが桜之助の鼻腔の奥でよみがえる。

「実に心地よいところでございました……まっすぐで清冽で……」

六

桜之助は八丁堀地蔵橋の斎藤十郎兵衛の住居の見張りを始めた。

江戸留守居役や若君の御守役という御役目の合間をぬってのはたらきだ。

二六時中の見張りがかなわぬところが桜之助には歯がゆい。

実を結ぶかはわからぬが、とにかくなにかをせねばならぬという思いが桜之助の身体を突き動かしていた。

頻繁に屋敷を空ける桜之助に、獅子右衛門がからかうような声をかける。

「このところ再々の他出でございますなあぁ、高瀬殿……」

獅子右衛門は、「拙者は心得ておりまするぞ」とでも言いたげな目つきで桜之助を見る。

「いやなに、独り身での江戸詰《えどづめ》。少しはお楽しみが無《の》うてはつとまりませぬ」

「そ……そのようなことではございませぬッ……」

「はっはっは、あまり過ぎると毒でござるぞ、高瀬殿」

獅子右衛門の勘違いは放っておけばよいとはいうものの、竹治郎につまらぬ話を吹きこみでもしなければよいが、と桜之助は心配になる。

ただ獅子右衛門はこのところ家督相続の話が進まず、顔をくもらせる日が続いていた。

(勘違いでもなんでも、久々に獅子右衛門殿らしい笑い声を聞いたわ)

斎藤十郎兵衛にはなかなか出くわさない。

あの薄暗い小部屋で、「ゲッゲッゲ……」という気味の悪いうめき声をあげながら夢中になって絵筆を走らせている姿が思い浮かぶ。

十郎兵衛が描く絵はすべて人の顔。

それも紙からはみ出そうな大首絵だ。

美しく描こうという意志は微塵もない。

かといって、ありのままを写すというわけでもない。

描かれるものが十郎兵衛の目にどのように映っているかが一目瞭然な似せ絵、とでもいおうか。

描かれたものは横死するという話がなくとも、(あの男に似せ絵など描かれたくはないものじゃ)と桜之助は思う。

十郎兵衛の父親の与右衛門は、毎日のようにどこかへ出かけていく。

おおかた出稽古にでもおもむくのだろうと桜之助は見当をつける。

ある日、珍しく与右衛門が十郎兵衛と連れだって出てきた。

与右衛門はもとより十郎兵衛もこざっぱりと月代を剃りあげ、羽織袴を着している。

供のものふたりには大きな風呂敷包みをもたせている。

桜之助はふたりのあとをつけた。

行く先は地蔵橋から目と鼻の先、南八丁堀の阿波蜂須賀家の下屋敷だ。

抱え主の蜂須賀家での出稽古か、宴席の肴として仕舞でも披露するのだろう。

(やれやれ……また無駄足だったか……)

似せ絵の背後になにがひそんでいるのか、桜之助はつかめぬままでいる。

七

桜之助が八丁堀地蔵橋に通い続けて何日経っただろうか。

斎藤十郎兵衛がようやくひとりで住居からでてきた。

蜂須賀家におもむいたときのようなきちんとした身なりではない。

月代や髭もむさ苦しく、あり合わせの単衣に帯を巻きつけただけ。およそ能役者とはみえない風体だ。

単衣の懐からは紙の束がのぞいている。

こよりで閉じた画帳のようだ。

筆と墨を納めた矢立が帯に無造作にさされている。

十郎兵衛は東に向けて歩いている。かなりの早足だ。

まるで久方ぶりに遊里におもむく粋客の足取りのように軽い。

(日本橋の方角か……人通りの多いところにゆくとみえる)

桜之助は十郎兵衛を見失わぬよう、あとを追った。

蒸し暑い。

斎藤十郎兵衛のあとを追っていく桜之助の額には汗の粒が浮かぶ。

十郎兵衛は跳ねるような足取りで、江戸の町の繁華なところをめざして進んでいく。

楽しくてたまらないといった様子は、遊里に急ぐ粋客どころではない。

まるで親に連れられて縁日にゆく子どもだ。

気ぜわしく親の手を引っぱりながら駆けださんばかりにする足取りだ。

十郎兵衛は似せ絵を描くために出てきたのだろう。

(走り出したくなるほど絵を描きたいのか、この男は……)

桜之助の胸に、『画狂』という言葉さえ浮かぶ。

日本橋には、初夏の物売りや足早に通りすぎる商家の番頭手代、武士、子守の娘たちが行き交っている。

十郎兵衛は橋の東詰にうずくまり、往来をじっと眺めている。

左手には画帳、右手には筆を手にしている。

桜之助も少し離れた物陰から十郎兵衛の様子をうかがう。

十郎兵衛の顔つきは、まるで舌なめずりをせんばかりだ。

まるで粟餅のようなあばた面にあいたふたつの目が往来にむいている。

十郎兵衛と対面したときには、へどもどと、およそ生気のない顔つきの男だと思ったが、日本橋を行き交う人の顔を眺める目つきは、まるで獲物を狩る獰猛《どうもう》な犬のようだ。

橋の西詰から小山のように荷を積んだ車が向かってくる。

男八人の力で運ぶだけの荷をいちどに載せる大八車だ。

後ろから後押しの男がふたり。

前には引き手の男がひとり、車の柄に取りついている。

引き手の男の腕や肩は毬《まり》のように盛りあがっている。

でこぼこ頭に向こう鉢巻きをした顔をまっ赤にふくれあがらせて、力の限り大八車を引いている。

男のこめかみには細かな筋が浮き上がり、両の目は飛びださんばかりだ。

十郎兵衛の顔が、いっぱいの笑みをたたえて晴れた。

十郎兵衛は素早く筆を画帳のうえで動かす。

子どもが縁日でめあてのおもちゃや菓子を見つけたときのように、喜びにあふれている。

十郎兵衛は大八車の引き手から目を離さない。

うっすらと空いた十郎兵衛の口の端からは、よだれまで垂れているようにみえる。

大八車が通りすぎると十郎兵衛は立ちあがった。

大八車のあとを追う。

車は広小路に差しかかったところで停まった。

往来をゆくものたちの足を休める茶店がある。

人足たちは思い思いに汗を拭き、たばこを吸い付け茶を飲んだ。

おそらく深川あたりまで荷を運ぶ途中の中休みだろう。

十郎兵衛は茶店で休んでいる人足たちに恐れ気もなく近寄っていった。

十郎兵衛は大八車を指さしながら、引き手の男に話しかける。

ずいぶん馴れた様子だ。

人足たちはそろって大きな口をあけ、笑ってもいる。

やがて十郎兵衛は茶店の婆に声をかけ銭を渡した。

茶代を払ってやったのだろうか、人足たちは鉢巻きをはずし、口々に十郎兵衛に礼をいう。

十郎兵衛の帰途の足取りはさらに軽かった。

いや軽いというより、ほとんど跳ぶがごとくの足取りだ。

（一刻も早くあの薄暗い部屋に閉じこもり、人足の似せ絵を仕上げたいのか……）

まさしく画狂と称するほかはないと桜之助は心のなかで苦笑した。

茶店で人足に話しかけた十郎兵衛は、似せ絵の人足の名やすみかを聞きだしたのだろう。

仕上げた似せ絵はこうして当人に届けられる。

似せ絵に描かれた者は、日をおかずして非業の死を遂げる。

（が、さてそれからじゃ……）

（まさか十郎兵衛が手をくだしているとも思えぬ……だいたい、死に様も、みなそれぞれ異なっておるではないか……）

十郎兵衛が八丁堀地蔵橋の住居に戻ったところを見とどけ、桜之助も帰途についた。

十郎兵衛はひとり江戸の町に出て行き、往来で目に留めたものを描く。

誰が描かれるかは、ひとえに十郎兵衛の目にとまったかどうかによっている。

桜之助は鉄仙和尚の話してくれた「吉公馬鹿」を思い起こした。

（吉公が石を投げつけた家が火を出す……石を投げた吉公があとから火をつけていたのだと解すればつじつまが合う……）

だが十郎兵衛が描いた似せ絵の主の死に様はひととおりではない。

辻斬りにあった者もいれば押しこみに殺害された者もいる。

かどわかされたあげくに殺された娘もいれば、川に落ちて溺れ死んだ者もいる。

(後付けで似せ絵の主を殺《あや》めるにせよ、一様な手口ではなし……とうていひとりではできぬ仕業……)

八丁堀から神田橋門外に戻る桜之助は、考えをめぐらした。

左右には両側の屋敷の土塀が長く続いている。

武家の屋敷が集まるあたりで、物売りたちも寄りつかぬ。

薄墨色の雲を透かして射す陽光で蒸し暑い。

桜之助は平素から、周囲の気配には気をつけるようにしている。

斎藤十郎兵衛のあとをつけていった折もなおさらだ。

八丁堀地蔵橋から日本橋、そしてふたたび八丁堀に戻るまで、怪しい気配は皆無だったはずだ。

(んん……)

眉間ににじんだ汗をぬぐった桜之助は、両側に続く土塀の先に、ふたりの人影を認めた。

八

土塀が続くはるか先にみえるふたつの男の人影は、ゆっくりと桜之助に近づいてくる。

並んだ人影は同じような背丈。

示しあわせたかのような同じような歩調だ。

羽織袴姿だが、羽織の左裾が跳ねあがっていないところをみると帯刀はしていないようだ。

（武家ではない……とすると……）

桜之助は足を停めた。

たまたま行きあった者たちかもしれぬが、油断はできぬ。

ふたりの背筋はあくまでまっすぐにのび、足の裏を地に滑らせるようにして前に進んでいる。

桜之助はかつて同じような体さばきの男と対峙した。

駿河の田中、蓮花寺池の畔。

邪悪の権化ともいうべき能役者、結崎太夫だ。

蒸し暑さで桜之助の額にはまた汗が浮きだしている。

同時に桜之助の背筋の下から上にかけて、冷たい手で撫でられたような寒気が走った。

（ええいッ……気味の悪い……）

桜之助は背後に目をやった。

土塀が続くその先からは編み笠を被った男がひとり、桜之助に近づいてくる。

男は腰に刀を帯びている。

（挟まれたか……ぬかった……）

桜之助は覚悟を決め、ふたりの丸腰の男が近づいてくるほうへと進んだ。

ふたりの歩調は早まっている。

背筋を伸ばしたゆったりとした足運びのようにみえるが、ふたりの姿はぐんぐんと大きくなる。

ふたりは同時に、くわぁ、と口をあけた。

いや、桜之助の目にはふたりの口が耳元まで裂けんばかりに大きくあいたように映った。

蓮花寺池で、抜き身を提げた結崎太夫が桜之助に襲いかかる寸前にみせた顔だ。

ふたりは丸腰だが余裕はない。

桜之助は左手で腰の大刀の鞘を抑え、刀を抜こうと右手を柄に動かす。

と、ひとりが桜之助の左半身にすっと体を寄せた。
体側を桜之助の身体にぴたりと押しつける。
刀を抜こうとした桜之助は身動きがとれなかった。
(な……なんと素早い……)
桜之助に体《たい》を寄せた男から、伽羅《きゃら》のような良い香りがただよってくる。
結崎太夫と同じ香りだ。
桜之助は背後に跳びずさり体を離そうとしたが、あとひとりの男の動きも素早かった。
桜之助の背後にまわり動きを封じる。
同時に桜之助の右腕をとり、いともたやすく背にまわして締めあげた。
(ぐっ……)
背後の編み笠の男の足音が早くなっている。
桜之助の耳は、シュという鋭い音をとらえた。
編み笠の男が刀を抜いた音に違いない。
(斬られる……)
ふたりの男にはさまれ、桜之助は身動きがとれない。
(奈菜……竹治郎……)

桜之助は陽光を透かして鈍く光る薄墨色の雲をあおいだ。

背後にせまる編み笠の男の足音が止まった。

「あっ、ツッ……」

編み笠の男は声をあげる。

桜之助をおさえていたふたりの男も驚いたのか隙ができる。

桜之助は男たちを振りはらった。

「うおおおおッ……」

地響きをあげんばかりにして大男が突進してくる。

浦会で大力《だいりき》自慢の後藤頼母、仙台伊達家の家臣だ。

頼母はひとりの男の襟首をつかむと、「ふむッ」の声とともに片手で投げ飛ばす。

投げられた男は身軽に体《たい》を起こすと、土塀が切れる先に向けて逃げだしていった。

もうひとりの男はとおに姿をくらませている。

桜之助は刀を抜くと、編み笠の男に切っ先をむけた。

編み笠の男の背後から、浦会の重鎮、松山主水が桜之助に声をかけた。

「あやういところでござったの、高瀬殿……あまりに遠すぎたゆえ、小柄《こづか》はとどかぬ、礫《つぶて》で動きを止めるが精一杯じゃった」

主水は小柄や礫を投げて相手を仕留める印地打《いんじう》ちの名手だ。

編み笠の男は笠を被ったまま、桜之助に向け刀を構えている。

主水は続けた。

「高瀬殿の動きは浦会とは無縁……とは申せ、なにが起こるかわからぬ。みどもは頼母殿、松江の伊織殿、浜島新左衛門らとはかり、交代で高瀬殿の身辺を見張っておったのじゃよ」

数年前桜之助は、雨のなか伊藤治右衛門の手にかかり命を落とすところを同じく主水たちに助けられた。

「まったく、手のかかる御仁じゃの、高瀬殿は……」

笑う主水に桜之助は、刀の切っ先を編み笠の男にむけたまま「いたみいりまする」と挨拶をした。

構えだけでわかる。編み笠の男は強い。

蒸し暑さのなかにもかかわらず、桜之助の背筋は冷気で引きしまっている。

桜之助は切っ先をほんの少しだけ動かしてみた。

編み笠の男は微動だにしない。

まことに強い。

桜之助は構えを崩さぬまま大きく息を吐く。

「おおい……待った。待たれいッ」

遠くから声が響く。

声の主は走りながら叫んでいる。

「われら火盗のものじゃ。白昼、刃を交わすとあらば見過ごしにはでき申さぬ。ここは双方、お引きなされッ」

火盗の同心、奥田だ。

対峙していた桜之助と編み笠の男の間の気合が溶けた。

桜之助と編み笠の男は同時に刃を地に向ける。

編み笠の男は刀を鞘に収めると、一同に会釈をしてすたすたと立ち去っていく。

桜之助は額から顔に流れ落ちる汗を懐紙でぬぐった。

奥田は主水と頼母に改めて名のると、桜之助に向きなおり告げた。

「高瀬殿、また同道願いとうございまする……火付盗賊改方、長谷川平蔵がお待ち申しております る」

九

平蔵が待っていた先は、やはり吉原江戸二の引き手茶屋、羽島屋だった。

桜之助は以前と同じく帯刀のまま、二階の奥の隠し小部屋のようなところへ案内される。

奥田が部屋の杉戸の前にかしこまり、中に声をかける。

「頭《かしら》……高瀬さまをお連れ申しあげました」

桜之助は部屋の戸口の前で羽島屋の女将に腰のものをあずけた。

奥田が桜之助に告げる。

「長谷川も刀は身近においておりますゆえ、高瀬さまもどうぞ、お腰のものをたずさえて……」

「いや、かまいませぬ」

桜之助は言い放った。

「このところ火盗にはあれこれ振り回されてばかりじゃ。今日も今日とて、かんじんなところで邪魔をされ、吉原くんだりまで連れてこられ申した……」

しゃべっていると桜之助の胸の奥にあった小さな怒りの炎がまたたくまに大きくなっ

ていった。

「みどもも気の長いほうではござらぬ。かような狭い部屋で火盗の親玉と相対していると、頭に血がのぼって斬りつけたくなるやも知れませぬ。刃傷沙汰を怖れるのではござらぬが、当家羽島屋の迷惑になっては気の毒。ゆえにみどもは丸腰で長谷川殿にお目にかかろう」

桜之助の声に応じるかのように、小部屋から大きな声がかえった。

長谷川平蔵の豪快な、笑い混じりの声だ。

「あっはっは……江戸御留守居役ともなればもそっとさばけておられるものでございますが、さすがはお旗本の出の高瀬さま。吉原の茶屋でいきなり喧嘩腰とは……お腹立ちの段は、平にお詫び致しますゆえ、ま、ひとまずお入りくださいませ」

桜之助は平蔵が待つ小部屋に身をすべり込ませた。

以前は床の間には紅梅が活けられていた。

今は紫陽花《あじさい》。

平蔵は床の間に向きあうところに座を占めて、以前と同じく立て膝をして酒を飲んでいる。

平蔵の前には小さな手あぶりがおかれている。

手あぶりには小鍋がかけられ、ぐつぐつと湯気があがっている。

平蔵は桜之助に告げた。

「小鍋立《こなべだ》てって奴ァ、寒いときはあたぼうでござんすが、蒸す日にもまた旨《うめ》えもので……軍鶏《しゃも》でござんす」

桜之助は手あぶりをはさんで平蔵と向きあった。

小鍋からは醬油の匂いが立ちのぼる。

中ではぶつ切りにされた軍鶏の肉がごろごろと転がりながら煮られている。

ほんのりと桜色を残した軍鶏はみるからに旨そうだ。

付け合わせには青い菜も煮られている。

平蔵は言い訳をするかのような口調になっている。

「軍鶏には牛蒡でござんしょうが、この時候じゃいい牛蒡も出なくって……女将にいってありあわせの青いものをもってこさせたんだが、さて、どうか……」

桜之助にむけて杯をさそうとした平蔵は手を止めた。

「おっと……高瀬さまは御酒は召し上がらねえんでしたか……」

「いや……せっかくのところゆえ……一杯だけいただこう」

桜之助は平蔵から杯を受けとった。

小鍋は旨そうな音を立てて煮えている。

酒は苦手の桜之助だが、料理を前にして酒の勧めを無碍にするものではないと戒めてもいる。

「そうですかい、そいつぁ嬉しゅうござんす……じゃ、一杯《いっぺえ》参《めえ》りやしょう」

平蔵は桜之助の杯に酒を注ぐ。

桜之助はしばらく杯をにらんでから、意を決してひと息に空けた。

十

「青いものもいいが、やっぱり軍鶏には牛蒡でごぜえます……本所に『五鉄』という旨い軍鶏を食わせる店がごぜえやして……高瀬さまも一度ご案内いたしやしょう」

『五鉄』とやらに火盗の平蔵といくなどまっぴらだが、軍鶏と牛蒡の取り合わせの味を想像すると桜之助の口中に唾がわいてくる。

軍鶏の旨味が混ざった煮汁が染みた牛蒡は、歯ごたえからしてこたえられぬ旨さに違いない。

桜之助は平蔵の杯を二度だけ受け、目の前の芋の煮転がしがのった膳に杯を伏せた。

「高瀬さま、軍鶏鍋でおまんまになせえやすか……女将にそういってもってこさせましょう」

「いや……御膳はあとでいただこう」

桜之助は平蔵をはねつけた。

「こたびの仕儀、火付盗賊改方、長谷川平蔵殿よりしかと承ってのちに」

平蔵は相好を崩した。

柔和な笑みが顔いっぱいに広がっている。

「わかりやした。お話しいたしやしょう」

平蔵も杯を伏せ、背筋を伸ばした。

「この長谷川平蔵宣以《のぶため》、四百石取りの吹けば飛ぶような旗本の生まれでございます」

平蔵は無頼の輩《やから》のもの言いから、武家らしい言葉遣いに変わった。

桜之助の背筋もおのずと伸びる。

「高瀬さまのご実家のような大身の旗本ではなく、しがない貧乏旗本。若い時分には恥ずかしながら、陽《ひ》の下を大手を振って歩けぬものたちとも交わっておりました……」

平蔵の口元には寂しそうな笑みが浮かんでいる。

若き日の放埒《ほうらつ》を悔い、恥じての自嘲だろうか。

「たいていは田舎から江戸に流れてくる無宿者……国元ではどうにも暮らしてはいかれぬものたちが、やむにやまれず江戸に流れて参りまする。ところが江戸に出てきたとて生計《たつき》を立てられるものばかりではありませぬ。江戸でもどうしようもなく食いつめ、やがて悪事に手を染める……かようなものたちを何人も見て参り申しました」

平蔵の目には寂しそうな色が浮かんでいる。

桜之助がこれまで相対してきた平蔵とは別人のようだ。

「無宿者も、江戸で生計が立ちさえすれば悪事に走るものではございませぬ……放埒を続けるうちに、私にも小さな腹案が生まれてきた次第で。ただ……」

平蔵の目に浮かぶ寂しさは消えぬままだ。

「旗本四百石、御先手弓頭では公儀への意見上申などとてもかなわぬ話……幸い私の父が火付盗賊改方をつとめておりました。私も父のあとを継いで火盗方に取りたてられれば、公儀への上申もできる立場になるはず……こう考えたのでございます」

江戸の町での評判はいざ知らず、平蔵の公儀での評判はかんばしくない。

西ノ丸書院番頭のときには田沼主殿頭さまへの進物の受取役として『賄《まいない》番頭』と陰口をたたかれた。

武家屋敷の地域に火事があると、長谷川家の家紋入りの提灯を押したて、小者たちに「旗本、長谷川平蔵が御見舞いにまかり越しました」と口々に呼ばわらせて名を売る。江戸市中にいくつも火事が起きたときなども、同時に長谷川家の提灯があちこちに立ち、「長谷川平蔵は何人いるのだ」などと笑われてもいる。

涙ぐましい工夫が功を奏し、平蔵は白河殿によって火付盗賊改方に取りたてられる。

「しかし白河殿にも、いまだ氏名も覚えていただけない始末……『あの長谷川なにがしというもの、いたく評判が悪いそうじゃの』と仰せとか……ははは……」

平蔵の顔から、自嘲の笑いも寂しそうな色も消えた。

平蔵は桜之助をまっすぐに見すえて言い放つ。

「私の評判などはどうでもよろしゅうございます。寄る辺ないまま江戸に流れてきた弱いものたちを救うための仕置きがかなえば、それが公儀のため、いや天下の人々のためになる……。そうではございませぬか、高瀬さま」

桜之助は平蔵の気魄を受けとめた。

声に出さぬまま「うむ」とうなずく。

「そのためには火盗の長谷川はよくやっておると認められねばなりませぬ。私のはたらきが誰の目にも明らかになるよう日々、つとめて参ったのでございますよ……このところ似せ絵の一件という気味の悪い話もございますゆえ、これはどうでも火盗が仕置きせねばならぬ、と……ところが……」

平蔵は目の前の伏せた杯を取りあげ、酒を注ぐとぐっと口を湿す。

「ところが、はたからあれこれ手出しをしようとなさって、ちょこまかと動きなさるお節介な御仁が現れた、という次第で……」

平蔵は、またくだけた言葉遣いに戻った。

桜之助をみて、ニヤリと笑った。

「ったく……邪魔だったらありゃしねえ……」

十一

火盗の役目は江戸の凶悪人の取り締まりだ。

平蔵は白河殿から浦会についても聞かされた。

「なんでも浦会ってぇ連中は武家のなかでも取り分けの方々の集まりで……ことあれば公儀も転覆させようという者たちゆえ、火盗も目を光らせるように、と白河殿……いや越中守さまの仰せでさぁ」

浦会が公儀を転覆させるものの集まりとは、白河殿もずいぶんな見方をなさるものだと桜之助は心のうちで笑う。

(白河殿にとっては、それだけ浦会が邪魔なのであろうか……)

また桜之助には、天下の仕置きをすすめていく白河殿はさぞ孤独なのだろうとも思われた。

白河殿も人の子。熟慮のうえくだした仕置きも、実のところ正しいのかどうか、思いが揺れるところもあるだろう。

真にすぐれた人物ならば思いの揺らぎを素直に受けとめ、場合によっては躊躇《ちゅうちょ》せずに改めるだろう。

白河殿は別だ。

思いのゆらぎのもととなりそうなすべてを認めず、憎んでおられる。

『えもいわれぬ世の不安や不満をいちはやくかぎ取り、天下の安寧を図る』を旨とする浦会など、白河殿の目には許してはおけぬ敵としか映らぬのだろう。

「ゆえに火盗は浦会に目を光らせ、みどもの身辺にも……」

「へえ……高瀬さまは浦会のなかでも腕がたつとの評判でごぜえやして、同心のうちでも手練《てだ》れの奥田をつけました。高瀬さまが国元からご子息を同道されて江戸に戻ってこられてからずっと……」

平蔵は里芋の煮転がしを器用に箸で挟み、口に放りこむ。

桜之助は平蔵に訊ねた。

「しかし、『大乃』の定九郎を捕縛して火盗屋敷に連れていくとはやり過ぎでござろう。定九郎はただの料亭の主人《あるじ》でございますぞ」

「さ、そこでさぁ……」

平蔵は面白そうな笑いを桜之助にむけた。

「こちとらも越中守さまのおおせを鵜呑みにするような唐変木じゃごぜえやせん……浦会とやらが公儀転覆などという大それた企みをする集まりではないとすぐにわかりました。公儀転覆どころじゃねえ、神君家康公が公儀に目を光らせるようにとおつくりになったというじゃありませんか……越中守さまより、ずっと由緒はある、というものでござぜえます」

平蔵は顔を引きしめ、桜之助に訊ねた。

「このところの例の似せ絵の一件、高瀬さまはどのようにみておられましょうか」

桜之助もまっすぐに顔をむけて応じる。

「奇妙きわまる面妖な話じゃ……が、素直に考えれば答えはひとつしかない、とみる……」

平蔵は桜之助の言葉を待っている。

「似せ絵に描かれたものが日をおかずして横死する……ひとりやふたりではのうて、何人も続けて……となれば、答えはひとつ」

平蔵は桜之助の答えを予測しているかのように大きくうなずく。

桜之助は平蔵に勇気づけられる思いで、言葉を続けた。

「似せ絵を描いたもの、もしくはその一味が手をくだしているのじゃ」

鉄仙和尚が話してくれた遠野の『吉公馬鹿』から桜之助がたどりついた答えだ。

「そうとしか考えようがごぜえやせんね」

平蔵は我が意を得たりという声だ。

平蔵が桜之助の後をひきとって続けた。

「似せ絵を描いた斎藤十郎兵衛は高瀬さまもご覧になったように絵しか眼中にない男。十郎兵衛が何人も殺す、とは考えにくうごぜえますが……」

平蔵が鋭い目を桜之助に送る。

「十郎兵衛の親爺の与右衛門という男……阿波蜂須賀さまお抱えの能役者でごぜえます

が、どうも怪しい……与右衛門の尻尾をつかもう、と火盗も動きだすところでごぜえますが……」

平蔵の鋭い目に笑みが浮かぶ。

「浦会は聡い方たち揃い。ひょっと浦会でも十郎兵衛なり与右衛門なりの身辺を探ろうとなさろうという話にならぬとも限りやせん……火盗《こちとら》からすると……こういっちゃ悪《わ》りいが、素人の御武家衆にうろちょろされたら邪魔でござんす。そこで……」

「定九郎を捕縛して浦会の動きを封じた、と……」

「だから定九郎には手荒なまねは一切しておりませぬ。ご馳走とは申しやせんが、三度三度きちんと食わせて……いやしかし……」

平蔵はほとほと参った、というかのような苦笑を浮かべた。

「火盗屋敷でも参っておりやす……三度の飯の炊きようが固《か》てえの柔らけえの、汁の塩加減が甘《あ》めえの塩っぺえの、こうこの大根の切りようが気に食わねえの……もううるさくってかなわねえから、さっさと解き放しにしてくんなせえと、賄《まかな》い方から大きな苦情でさ……」

十二

いずれ近いうちに定九郎は火盗屋敷から解きはなちにすると平蔵は請けあった。

桜之助は平蔵に訊ねた。

「さすれば火盗と我らとは、敵を同じゅうにしておるのじゃな」

うなずく平蔵をみて、桜之助は続ける。

「ではいっそ火盗と浦会が手を組めばよかろう……」

平蔵は言下に応じた。

「それは上手くねえやり方ってもんでさ」

「なぜじゃ」

平蔵は桜之助にやさしいまなざしをむけた。

「高瀬さまはまだお若くておいでだ……似せ絵の一件、裏で筋書きを書いて糸を引いている狂言方が誰か、まだ見当がつきやせんか」

桜之助はうめく。

平蔵は続ける。

「やれ飢饉で食い物がない、諸色高直《しょしきこうじき》で暮らしもやってはいかれねえ、となれば不満はおかみへむかいやす……ただ、似せ絵を描かれたら死ぬなんという気味の悪い話は、どこへも尻のもっていきようもござんせん。みな、ただおびえ、震えあがるだけでござえます……天下を思いどおりに采配するには世の中を怖がらせておけばよい……公儀のお偉いむきが、そんな思いにとらわれたとしたら……」

桜之助は身をのりだす。

「さすれば、似せ絵の一件を仕組んだものとは……」

「へえ、松平越中守定信さま……白河殿でごぜえやすよ」

「なんと……」

桜之助は絶句した。

民の安寧をはからねばならぬはずの公儀筆頭の白河殿が、怖ろしい企ての張本人だったとは。

「越中守さまは、ご自身の思い描く天下が正しいと信じて疑わぬお方でごぜえます。またご自身の思い描く天下のためなら、どんなやり口もいといませぬ……世の中をめいっぱい怖がらせておいて、公儀への不満など噴きだす隙間も与えず、思うがままに差配をなさりてえのでごぜえます」

平蔵の話を聞きながら、桜之助は手の震えを抑えきれない。

手だけではない、平蔵に訊ねる声も知らずのうちにかすれ震えている。

「さすれば白河殿は、江戸の町を恐怖の底に沈めるために似せ絵に描かれたものを次々に殺《あや》めていったと……しかもそれぞれ異なるやり口で殺めていったと申すか……」

「似せ絵は斎藤十郎兵衛の役目。越中守さまは、実際に手をくだす奴らを秘かに集めておられてやした……こっそりと、わからぬように手をくだす影のような連中というので、『御影《みかげ》』なんぞという名のりで……」

誰を似せ絵に描くかは斎藤十郎兵衛の興に任せている。

画狂の興に任せたほうが、犠牲になるものの年齢《とし》も身分もさまざまになり、江戸の町の恐怖はいや増しに増す。

似せ絵に描かれたものは、それぞれ似合った死に方をせねばならぬ。

御影には実に多彩な手練れたちが集結しているという。

「剣の腕がたつものはもちろん、体術、弓術はいうにおよばず、毒薬に詳しい御殿医崩れ、水練の達人……手荒い押しこみを生業《なりわい》とする凶状持ちの連中も御影に囲われておるありさまで……」

「むむ……胸が悪くなるわ……」

桜之助はすぐにも立ちあがって御影のものたちを根こそぎにしたい気分だ。

平蔵が両の手を下にむけ桜之助をおさえる。

「高瀬さま、そういきり立っちゃいけませんや……こちとら火盗が、少ぉしずつ、連中を追い詰めて参《め》えりやすから、あとしばらく、おとなしくしていてくだせえまし……」

「だからいっそ、火盗と浦会と手を組んだが話が早いではないか」

「いいや、そりゃなりませぬ、て……なぜか、といいやすと……」

平蔵はぐっと首を伸ばし、桜之助に顔を近づける。

「いまではこの長谷川平蔵、火付盗賊改方として越中守さまの飼い犬面《づら》をしながら御影の連中を探ってはおりますが、相手は越中守さまだ。こちとらの魂胆に気づかねえともかぎりやせん……そうしたら、こちとらは一巻の終わり……」

平蔵は力を込めて桜之助に告げる。

「万一、火盗が倒れたときには……高瀬さま……そのときにこそ二の矢として浦会の出番でござえやすよ」

火盗と浦会が手を携えて動いては、共倒れのおそれがあるとの平蔵の見立てだ。

「ゆえに定九郎を捕縛して浦会の動きを封じたか……うむ、得心いたした」

「おそらく浦会の……服部内記さまは、こちとらの魂胆は見通しておられたと……」

「ご老人が、か……」

さもありなん、と桜之助はうなずいた。

桜之助の様子に、平蔵は大きく息をつく。

「ここからはきつい戦場《いくさば》になりやす……きょう高瀬さまを襲ったあの編み笠の男……高瀬さまはお気づきでごぜえやしたか……あれは十郎兵衛の親爺、斎藤与右衛門でさ」

えりすぐりの手練れのものたちだ。
背丈ほどもある葦《よし》が生い茂った原のなかにある小屋を遠巻きにしている。
小屋からは蟻の這いでる隙もないはずだ。
月明かりはほとんどない。
わずかに足元がわかるだけだ。
合図をきっかけに、小屋を遠巻きにしていた輪がじりっじりっと狭まっていく。
小屋は寝静まっているのか、物音ひとつしない。
遠巻きの輪は、葦が絶えたところで止まる。
小屋まではほんの十歩たらずだ。
「んッ」
音にならない気合いの合図とともに、輪が小屋にむけて一斉に襲いかかった。
同時に四方八方から龕灯《がんどう》が小屋を照らす。
葦の原には、竹竿にくくりつけられた提灯が何十本となくあがった。

提灯に黒々と書かれている文字は、『御用』『火盗』だ。

先手《さきて》のものが大きな音とともに小屋の粗末な杉戸を蹴破る。

しばらく中の様子をうかがっているが、小屋は静まったままだ。

龕灯をもったものが駆けより、中を照らす。

先手のものが二人、三人と中に飛びこんだが、すぐに戻ってきた。

「頭……」

先手のひとりが平蔵のもとに注進におよぶ。

平蔵はうなずくと、奥田をしたがえ小屋に入った。

「こ……これは……」

火付盗賊改方という御役目柄はもちろん、若き日より無頼の輩に混じっていた平蔵は並大抵では驚かぬ胆力はもちあわせている。が、龕灯のあかりに浮かびあがった小屋の中のありさまは平蔵が目にしたどんな修羅場も超えた悲惨さだった。

小屋には十数人が起居していたはずだ。

平蔵の目の前には、起居していたものたちの死骸が散らばっている。

小屋の奥には一味の親玉、猿《まじら》の末吉《すえきち》が口から血を吐いて倒れている。

賊の首領だ。猿の末吉は江戸ばかりでなく関八州の豪商豪農への押しこみを続けていた盗
平蔵のかたわらで奥田がつぶやいた。

「猿は毒をのんだようでございますな」

ほかの死骸は末吉の子分たちだ。

末吉のように口から血を吐いて死んでいるものがふたり。

「火盗に捕らわれるをいさぎよしとしなかったのでございましょうか……悪党ながら、そこは見あげたものかと……」

「いや、そう見あげた話でもなさそうだ」

平蔵は小屋に散らばっている死骸を目で示しながら奥田に応じる。

「あとは死に様《ざま》は同じじゃねえ……こいつは合口《あいくち》で手前《てめえ》の喉元をひとつき……ほれ、こいつは喉を突こうとして度胸が定まらなかったと見えらぁ……胸といい肩といい頰《ほ》っぺたといい、あちこちを突いた傷だらけで血まみれだ……のたうち回ったあげくに成仏か……末吉は毒で手早くいっちまえたが、手下どもまでには毒はまわらなかったようだ……」

「自裁もできなかったものもおりますな」

奥田はつぶやいた。

ふたり向きあって互いの襟をつかみ、喉を突きあったらしい死骸がふたつ折り重なっている。

「こいつは……」

平蔵はうめいた。

刃物で突きあう度胸もなかったのだろうか。

仲間に頼んで首を絞めてもらったとおぼしい死骸もあった。

仰向けになった死骸の口からは泡が噴きだし、青黒くなった舌がだらりと伸びている。

両の手は断末魔の苦しさをあらわして虚空をつかみ、目玉はほとんど眼窩《がんか》から飛びださんばかりだ。

「地獄だ……」

平蔵はうめいた。

奥田が平蔵に訊ねる。

「我らにとらえられたあとの責め問《ど》いがよほど怖ろしかったとみえますな」

「いや、そうじゃねえ……猿の末吉ともあろう悪党が、火盗の責め問いなど屁でもねえはずサ……責め問いが怖くて毒などのみはしねえョ。しかも火盗がくるとわかっていりゃ、逃げだす算段もできたはずだ」

「ではなにゆえに揃って自害など……」

奥田が重ねて平蔵に訊ねる。

平蔵は死骸が折り重なる小屋の奥に目をやったまま告げた。

「越中守さまサ……、御影とやらの一味としていろいろとやらかしてきたが、火盗に尻尾をつかまれたとあっちゃ越中守さまは許してはくださらねえ……あのお方の性分じゃ、地獄の責め苦より非道え目《ひで》にあわされると知っていたに違《ちげ》えねえ。なにしろ江戸の町じゅうを怖がらせるためだけに何人も平気で殺すお人だ……」

平蔵は忌々しそうに吐き捨てた。

「火盗より白河殿が怖くって、そろって成仏したのサ」

第五章　無《む》明《みょう》

一

神田明神の境内にはうまい団子をだす茶店がある。

桜之助は団子の串をぐいと横にしごく。

桜之助と並んで、火付盗賊改方同心の奥田も団子を食べている。

「なるほど。高瀬さまの仰せのとおり、餡の盛りようが違いますな……心して口元に運ばねば、重みで餡が落ちまする」

どうやら桜之助と同様、奥田も甘いものには目がないようだ。

桜之助は火盗の頭の長谷川平蔵を思い浮かべる。

(甘いもの好きの奥田殿の親玉があんな飲み助とは気の毒な……)

いよいよ夏の暑さがやってくる。

同じ茶店で暑気負け封じの甘酒がでてくる季節だ。

「この茶店の甘酒は、よそより生姜をおごっておりますぞ」と奥田に教えようとした桜之助だったが、さすがにつまらぬ話をと奥田に笑われそうだ。

かわりに桜之助は浦会の面々が口にする不平を奥田に告げた。

「どこにゆくにも火盗につきまとわれかなわぬ、肩が凝る、と口々に申しております。なに、みどもに尻をもちこまれてもなんともしがたいのでございますが……」

奥田は苦笑して桜之助に応じる。

「火盗は頭《かしら》の平蔵からして武家衆の嫌われものでございますからな」

「火盗と浦会が角を突きあわせておると見せかけねばならぬ事情は一同、わかってはおりますが……夜分に屋敷を抜けだし、屋台の蕎麦屋でかけをたぐるところまで見張らずともよかろう、と苦情を申すものもおりまして、なだめるのに苦労いたしました」

「ははは……それは高瀬殿には大いにご迷惑。痛みいります」

奥田は芝居がかった様子で軽く頭をさげた。

顔をあげた奥田は続ける。

「火盗と浦会が敵対しているものと見せかけようと、高瀬さまに浦会を裏切るようそそのかしたりもいたしましたなあ……それにほれ、浦会の死命を制するかのもの、中井大和守の絵図を渡せ、とも……」

「あの折は、正直、奥田殿を叩き斬ろうと思いましたぞ」

「高瀬殿が浦会を裏切るはずがございませぬ……頭の平蔵も、高瀬殿のまっすぐな御気性を見こんで、あのような申し出をさせたのでございますよ……」

奥田は笑みを浮かべたまま、目を細めた。

しみじみとした口調になる。

「しかし浦会の皆々さまは実に統率がとれておりますな。火盗一同、ほとほと感服しておりまする……これも宰領される服部内記どののお力か……」

服部内記の名に、桜之助の喉元に苦い塊がこみあげてきた。

(浦会のほかのものたちはいざ知らず、みどもは……みどもは内記の宰領などは受けてはおらぬ)

桜之助は苦い塊を飲みくだし、奥田に応じた。

「『えもいわれぬ世の不安や不満をいちはやくかぎ取り、天下の安寧を図る』……かかる神君家康公のお志を深く心に刻んでおるからでござりますよ……浦会をないがしろにするものは……」

神君の志をないがしろにするも同じ、と言いかけて桜之助は黙った。

言わずとも奥田にはわかるはずだ。

浦会は公儀大事ではなく、世の安寧を図ろうという志を同じくするものたちの集まりのはずだ。いや、そうでなければならぬ。

奥田は深くうなずいた。

世になぜ悪人が絶えぬのかを考え抜き、よるべのないものに生計《たつき》を立てる術《すべ》を授けようというは、平蔵の志だ。

奥田をはじめとする火盗の同心与力たちは、皆、平蔵の志にうたれたがゆえに力を尽くしているのだと桜之助には思える。

桜之助は火盗にも浦会と似た志の深さを感じている。

また桜之助は火盗の働きぶりに驚いていた。

「火盗もどうしてなかなか……ご立派な働きぶりで感服しております る」

似せ絵に描かれたものをさまざまな手口で殺害していた御影のものたちは、火盗によって次々に追い詰められている。

ただ誰ひとりとして生きて火盗の縄目を受けたものはいない。

みな、自害を遂げている。

したがって似せ絵の一件の裏にあるはずの白河殿の邪悪な企みは闇に葬られたままだ。

「あとひと息でございますが……」

奥田が悔しそうにつぶやいた。

ぼたりという音とともに、奥田がずっと手にしていた団子からは餡が落ち、裸になった白い団子だけが串に残っている。

「これはしたり……」

奥田はさらに悔しそうな顔で団子をにらみつけた。

二

「おお高瀬殿……姿が見えぬと思うておったら、かようなところで油を売っておるとは」

向こうから大きな声が桜之助を襲う。

若君と竹治郎を連れた獅子右衛門が、どかどかと足音を立てんばかりの勢いで茶店にむかってくる。

以前、若君が無頼のものたちに襲われた。

本来ならばきついおとがめがあってしかるべきところだが、伯耆守さまは笑っておれたという。

「若子《わこ》に市中をよく見聞させるよう命じたのはわしじゃ。世の中にはかかるものもおるのじゃと身を以て学んだと思えばよい」と仰せだったという。

むろん江戸家老の藪谷帯刀さまからは桜之助も獅子右衛門もこっぴどく油を絞られた。

「本来なれば両名とも切腹申しつけられるところぞ。心せい……」

鬼のような形相で桜之助たちを叱りつけた帯刀の顔つきがふっとやわらぐ。

「しかし若君がかような見聞を広められ、先々では本多家の立派な当主となってくだされればよいのう……下々の世情に通じ、かつ天下の経営にも敏な名君に、のう……」

若君は学問にもおおいに心を寄せられている。

獅子右衛門によれば、「名のある学者を師としてあおぐようになれば、先々楽しみじゃ」という。

帯刀さまのはからいで、若君の他出は継続された。

ただし月々定まった日の他出で、ひそかに警固のものがついて回り先日のように無頼のものが近寄る事態はなくなる。

獅子右衛門などは、「本来であれば不測の事態こそ若君の血となり肉となるべきところではありますまいか」といささか不満顔だったが、そもそも大名家の若君が町なかを歩くなど例《ためし》のない話だ。

奥田も桜之助の話を聞き、心底驚いた様子だった。

「若君は乳母日傘《おんばひがさ》が通り相場でございますが、思いきったなされようで……」

若君を真ん中に、獅子右衛門と竹治郎と三人が茶店の床几に腰かける。

奥田は桜之助に告げた。

「会津の礎《いしずえ》を築かれた会津中将（保科正之）をはじめ、大名家で名君と称される方は、幼少の頃に辛酸を舐めたむきも多いやに聞きおよびます……ただ間違いが起こらぬよう気を配らねばならぬ御守役の心労は大きゅうございますな……」

「若君は他出せずともお暴れになっておりまする。庭の池にはまったり、木から落ちたり、大岩から飛びおりるなど常のことで……相役の村松獅子右衛門がけしかけますゆえ、若君も……」

「ははは……行く末が頼もしゅうございますな」

床几に腰をかけていた若君が声をあげた。

「桜じい、いが食しておるものは実に旨そうじゃ。余も食してみたい」

桜之助はあわてて団子の皿を隠す。

「これは下々が食するもので、若君などのお口に入るべきものではございませぬ」

獅子右衛門が桜之助に笑いかけた。

「獅子じいも食しとうございまする。それ、竹治郎も父親《てておや》ゆずりの食いしん坊ゆえ目が皿から離れませせぬぞ……ここは桜じいのおごりで……」

桜之助の返事を待たず、獅子右衛門は茶店の婆《ばば》に呼びかけた。

「婆さん、団子を三皿……餡をたっぷりつけて頼むぞ」

桜之助はあきらめて若君に告げた。

「屋敷に戻っても、神田明神の境内で団子を食したなど、御乳母《おち》の人などにはかまえて仰せになりませせぬように……よろしゅうございますな」

三

白河殿は江戸留守居役の寄合を禁じたが、ご禁制をすべて守っていては片付かぬ話も多い。

桜之助の属する留守居役組は、品川で変わらず寄合を開催していた。

さすがに以前のように大酒のうえで座敷で醜態をさらすまで乱れはせぬが、酒肴も出れば芸者もはべる。

あからさまな公儀への批判はせぬが、それぞれの家中を背負って江戸留守居役の役目を担っているものたちの間には「白河殿なにするものぞ。お手並み拝見」という反骨の芯がとおっているようだ。

浦会を率いる服部内記とも顔をあわせるが、桜之助は素知らぬ顔をしている。

桜之助は、火盗が浦会を敵視した事情は浦会の面々に話した。

内記は桜之助の話に、なんの言葉もなかった。

浦会では、「ご老人は火盗のもくろみを察しておったがゆえに、定九郎の救出に動かなかったのじゃ」とされている。

桜之助は浦会に復してはいるが、内記についてはさらに奥深いところで何かを秘していると思えてならない。

内記も桜之助が気をおいている様子を察知しているようだ。

浦会の座でも、また江戸留守居役の寄合でも、声をかけてきたりはせずただ黙って杯を空けている。

横目で内記の様子をうかがうともなしにとらえていた桜之助に、工藤直太夫が声をかけた。

「高瀬殿、また屋敷にお遊びに参られよ。わが妻が『高瀬殿、桜之助さま』とうるさく申してかなわぬのじゃ」

工藤の声をききつけたものがさっそく口を挟む。

「高瀬殿の男ぶりじゃ、工藤殿の御新造も高瀬殿がお気に入りか」

「なんの、婆さんが滅相もない……高瀬殿の食べっぷりが気持ちよいゆえ、もてなし甲斐があると申しましてな……」

「なんと、色気ではなく食い気にぞっこんでござるか。はっはっは……」

工藤もずいぶんと寄合には馴れてきた様子だ。

新参者ゆえなにかとかまわれるところを上手に交わすところなどは堂々としている。

工藤は浪々の軍学者として苦労を重ねている。

仕官のためには意に染まぬまねもせねばならぬところも多かっただろう。

(江戸留守居役の寄合の騒ぎを受け流すなど、工藤殿もずいぶん馴れてこられたご様子じゃ)と桜之助は微笑み、目の前の膳に箸を伸ばした。

座敷のどこかから、「火盗の長谷川には……」という声がきこえる。

桜之助は焼いた魚の身を箸でむしりながら、声に耳を澄ませる。

「あの気味の悪い似せ絵の一件もおさまったようじゃの」

「さよう。江戸の町のものも、ようやく落ち着いているように見受けられるの」

「長谷川平蔵……なにかと目立ちたがる厭な男ではござるが……こたびは彼奴《きやつ》のはたらきでござるな」

「その長谷川と申せば……」

いちはやく公儀の中枢の動きをとらえると評判のものが、鼻をぴくつかせながら一同を見回した。

「なんでも無頼のものたちを集め働かせる寄場《よせば》の設置が、白河殿から認められたそうじゃ。年明けにも正式に御下命があるはこび、とやら……」

「ふうむ。悪人を追いかけるだけの火盗に、かような御下命が……」

「寄場の設置となれば、またかなりの入費が必要ぞ。まさか入費は各大名家へ割り当て、などではあるまいの」

「白河殿は大名家に対してのあたりは柔らこうござるゆえ、まさか割り当てなどはすまいが……なればいかが致すのであろうの」

桜之助は魚をむしる箸を留めた。

(そうか……平蔵殿……かねてから念願の無頼ものに生計《たつき》を立たせるための寄場が公儀に認められたか……)

平蔵の志を知らぬものたちは、寄場についてあれこれと誹《そし》りを始めている。

(平蔵殿のことじゃ、『馬鹿者が何を言おうが、こちとらァ柳に風サ』とでも申して涼しい顔でやりすごされることじゃろう)

工藤の話は続いている。

どうやら少々、酒を過ごしているようだ。

「高瀬殿、よろしゅうござるか。近々、また……飯を食いに参られよ。よろしゅうござるな……」

桜之助は苦笑して再び魚の身をむしりにかかる。

工藤の声が桜之助の耳にとどいた。

「高瀬殿には、貸しがあるゆえ……是が非でもお聞き届けを……」

数の六郷家への形ばかりの輿入れは、工藤のはたらきがなければとうてい成り立たぬ話だった。

桜之助は工藤に向きなおり、告げた。

「工藤殿のお頼みとあらば、なんなりと承りまするぞ」

桜之助の言葉に、工藤はすかさず応じた。

「まことでございますな、なんなりとお聞き届けくださいますな、高瀬殿……」

念を押す工藤の声には酔いは混じっていなかった。

四

寄合が散会となり、桜之助は帰途についた。

月あかりのおかげで、提灯はともさずともなんとか歩ける。

品川の海から磯の香りを帯びた風が吹きつけ心地よい。

「高瀬殿、いや、お若いゆえ足が早うて追いつくにひと苦労でござった……」

息を切らせた工藤の声が背後から聞こえる。

「これは工藤殿……かなりきこしめしておられるご様子。御新造に叱られますぞ」

工藤はいつになくはしゃいでいる。

「あっは……うちの婆さんはなかなか怖ろしゅうござるでな……高瀬殿もご一緒に謝ってはくださらぬか」

「いや本日はもう遅いゆえ、また改めて……」

「そう申さずとも、よいではござらぬか……ささ、御同道を……」

工藤はいつになくしつこい。

桜之助は笑っていなそうとするが、工藤はなかなかあきらめない。

桜之助の羽織っている薄い絽《ろ》の袖をつかんでいる。

「これは工藤殿には珍しい酩酊ぶり……ああ、そのように引っぱられては羽織が破れまする……どうぞ、本日は平《ひら》に……」

「容赦はなりませぬ……なりませぬぞ、高瀬殿……」

工藤は桜之助の袖をつかんだまま続ける。

すっと背筋を伸ばしたかのようにみえる。

工藤は、はっきりとした口調で桜之助に告げた。

「拙者の頼みはなんなりと聞いてくださると申されたではないか……ははは、永井家の数さまお輿入れにつき、家中でずいぶん骨を折った甲斐があった、と申すものでござる」

工藤の口調ははっきりと変わった。

(工藤殿は酔ってなどおらぬ……)

桜之助は静かに羽織の袖を引き工藤の手から取りもどした。

(工藤殿はなにを申したいのじゃ……)

桜之助は声を抑え、ゆっくりと工藤にこたえる。

「さよう……たしかにみどもは工藤殿の頼みはなんなりと、と申しましたが……」

「武士に二言《にごん》はござるまい」

工藤の声は鋭い。

桜之助は頬骨の出た工藤の顔をまっすぐに見すえた。

「みどもは武士であっても二言はございまする」

桜之助は続ける。

「主君への不忠、友への裏切り……かかるまねは一切《いっせつ》、お断り申す」

言い放った桜之助に、工藤は相好を崩した。

工藤は笑いながら桜之助の顔を見まわす。

(工藤直太夫……ただの無骨な武士ではない)

まるで予期していたとおりの桜之助の反応が嬉しくてたまらぬかのようだ。

「それでこそ高瀬桜之助殿……そうでなくてはならぬ……」

工藤は笑いを崩さない。

「ただ拙者の頼みも曲げてきいていただかねば、それはそれで困りますでな……」

工藤の顔から笑いが消えた。

桜之助が知っている工藤直太夫とは、まるで別人のようだ。

工藤は低く桜之助に告げた。

「かのものをいただきたい」

五

桜之助は工藤の口から発せられた「かのもの」という言葉をきくと、とっさに跳びずさった。

工藤は桜之助の様子に苦笑した。

「そう驚かれると面映《おもは》ゆうござるよ」

「工藤殿は、なにゆえに……」

「なにゆえにかのものを存じておるか、とのお訊ねでござるか……」

磯の香りが増している。

風が強くなってきたようだ。

品川の宿場のあかりが遠くにまたたいている。

夜道を照らしていた月が、群雲《むらくも》に隠れた。

次に月が顔をだしたとき、工藤の背後には数人の男の姿が浮かんでいた。

編み笠の男がひとり。

あとは行儀よく両の腿のうえに両手をおいている。

以前に桜之助を襲ったものたちだ。

刀も抜かず、桜之助の動きを封じた動きは並大抵ではない。

(編み笠の男は、火盗によれば斎藤与右衛門……とすると、工藤も……)

桜之助は工藤に訊ねた。

「工藤殿は……み……御影のものであったか……」

桜之助の声は、我知らずのうちにかすれている。

工藤は桜之助の顔を見すえたまま、深くうなずいた。

「仕官のため諸国を巡っておるうちに、越中守さま、世上では白河殿と称されるお方に拾われたのでござるよ……まだ田沼主殿頭さまが権勢をふるっておられ、白河殿の出る幕ではござらんかったが……」

工藤は続ける。

「白河殿はかねてより『浦会』なるものをずいぶんと気にかけておられた。白河殿はご自身をたのむところが実に大きいお方……公儀の目付役を自らもって任じておるような浦会など許せぬ御性分じゃ。そこで我が意を体する手足となる『御影』をおつくりになられたのじゃ」

「さすれば……以前みどもを襲った伊藤治右衛門も、そして逆語《さかしらことば》にてわれらが主君に仇をなそうとした……」

「さよう、結崎太夫も御影の一味でござった……そしてここに控える阿波蜂須賀公お抱え能役者、斎藤与右衛門も結崎太夫と同じく、能楽とともに武芸を極めしものでござるぞ」

編み笠の男は被りものをとった。

桜之助は浜島新左衛門とともに斎藤十郎兵衛を訪れたときに、父親の与右衛門の姿もかいまみている。

息子の十郎兵衛はあばた面で目つきもおどおどとして定まらぬ。

桜之助の目の前に立つ与右衛門は小柄ながら背筋は伸び、うなじを固めた姿は美しくさえある。

じっとまばたきさえしない蛇のような目で桜之助をとらえている。

与右衛門の背後の男たちは門弟だろうか。

与右衛門と同じく、まったく隙をみせぬ。

桜之助は右手を刀の柄にかけようとする。

男たちは桜之助のわずかな動きも見逃さぬとも思えぬ。

以前と同じく、桜之助にぴたりと身体を寄せ、動きを封じるだろう。

（くッ……動けぬ……）

シュルリ……という鞘音をさせて与右衛門が先に刀を抜いた。

月あかりに刃《やいば》が光る。

工藤が桜之助に声をかけた。

「さ、高瀬殿……かのもののありかを申しなされ……そしてわれら御影に降《くだ》りなされ。なに、悪いようにはいたさぬゆえ……」

「断る」

桜之助は言い放った。

「公儀の威光を高めんとするために、無辜《むこ》のものたちを殺《あや》めて恥じぬなど、とうてい正気の沙汰とは思えぬ」

じりッ、と与右衛門が爪先分ほど間合いを詰めた。

桜之助はまだ刀に手すらかけられずにいる。

「うぅッ……」

桜之助に刀の切っ先をむけたまま与右衛門がうなり声をあげた。

工藤にむけて、「どうするのだ……この男を斬るのか、逃がすのか」と問うているかのようだ。

（斎藤与右衛門……人を斬りとうてたまらぬ性分の男とみえる……画狂の十郎兵衛の息子の父は、地獄の獄卒のごとき人斬りか……）

工藤はあきらめたかのような声で桜之助に告げた。

「どうでもかのもののありかを教えてはくださらぬか、高瀬殿……」

工藤はしごく残念そうな顔つきになった。

「あたら高瀬殿のような人物を、のう……されど、かのもののありかを存じておるは高瀬殿ひとり……」

かのもの、中井大和守の手になる千代田の城の絵図面さえなければ浦会は怖るにたらぬと見きわめたのだろう。

工藤は「うむ」という思い入れでうなずき、与右衛門に言い放った。

「斬れッ」

工藤の声とともに桜之助は背後に跳びずさった。

ぶんッ、という音とともに、腹のあたりに冷たい風が吹きつける。

（胴を真一文字に……早い……）

与右衛門と背後の男たちはすかさず間合いを詰める。

最初のひと太刀はなんとか交わしたが、桜之助の動きを封じる男たちがいては刀も抜けぬ。

与右衛門の攻撃をいつまでも交わし続けるなどできそうもない。

（くッ……）

死中に活を見いだす意気で与右衛門の腰のあたりに飛びこもうか、いやいっそ足元をすくって活路を見いだすか……

あれこれ思いを巡らすが、いずれも見切られるは必定だ。

（ううむ……極まったか……）

桜之助は覚悟を決めた。

与右衛門や男たちのさらに向こう、闇から謡の声が流れてきた。

「切ってかかれば牛若は　少しも騒がずつっ立ちなおって　薄衣引きのけつつ　しづしづと太刀抜きはなち　つっ支えたる長刀の　きっさきに太刀打ちあわせ　つめつ開いつ戦いしが……」

桜之助の抑えにかかっている男たちは動かぬが、工藤と与右衛門は半身になって背後をうかがう。

闇の低いところがときおりぴかりぴかりと光っている。
やがて闇に服部内記の小柄な姿が浮かびあがった。
内記はすでに抜刀し、右手にもった抜き身を低く下げている。
抜き身が月あかりをうけ光を放っている。
内記は足を止めた。
工藤も与右衛門も無言だ。
桜之助を抑えにかかっていた男のなかのひとりが内記に襲いかかった。
「痴《し》れ者ッ」
内記は一喝すると、手にした刀を真一文字に振りはらった。
男は胴を斬られ声もなく地に崩れる。
ようやく間合いを得た桜之助は刀を抜いた。
形勢は桜之助側に傾いた形だ。
内記は切っ先を与右衛門にむけた。
「さすがは真田左衛門佐幸村の意志を伝うる者たち……油断も隙もありはせぬが……」
内記は口をゆがめて笑う。
「我ら浦会は、やみやみとそなたたちの手にはかからぬぞ」

与右衛門は刀を収めた。

懐から紙片を取りだすと、地に崩れた男の死骸の肩に置く。

与右衛門は合掌して死骸を拝むと、男たちを引き連れ言葉もないまま桜之助の前をとおり、闇に消えていった。

桜之助は与右衛門が死骸に置いた紙片に目をむけた。

横に並んだ六連銭。三途の川の渡し賃であり、また徳川家に滅ぼされた真田左衛門佐家の家紋でもある。

内記はつぶやいた。

「徳川に仇をなさんとする真田の残党までも引きいれるとは……はてさて、御影の仕業は怖ろしい……いや……」

内記はにやりと笑った。嬉しそうな笑いだ。

「おもしろいのう……工藤直太夫殿……」

桜之助は内記の顔をまじまじとみた。

内記の顔は月あかりを受け、青白い燐光を放っているようだ。

「ご老人……内記殿は……以前より工藤殿を見知っておいでか……」

内記に代わって工藤が応じる。

「はっはっは、高瀬殿……ま、いろいろあるのじゃよ。いろいろと、な……」

桜之助は工藤をさらに問い詰める。

「かような戯《ざ》れ言《ごと》を……内記殿、いったいこれは……」

内記の口からふたたび低く謡が流れる。

「月も早　影傾きて明け方の　雲となり雨となる　この光陰に誘われて　月の都に　入りたもう粧い　あら名残おしの面影や　名残おしの面影……」

内記は背筋を凜と伸ばした姿で闇に溶けていく。

工藤が桜之助に告げた。

桜之助を慰撫するかのような口調だ。

「内記殿は拙者を怖ろしい、などと申したが……どうして、内記殿ほど怖ろしい御仁はほかにはおらぬて……お気をつけ召されい、高瀬殿……」

六

夜半、桜之助は目をさました。

少しでも暑さをやわらげようと、庭に面した障子は開けはなしてある。
庭と座敷の間の板廊下を伝って、なにやら物音が聞こえてくる。
物音は、ちかごろ毎晩だ。
桜之助は夜具に起きなおり首筋をなでた。
うっすらと浮かんだ汗を掌でぬぐう。
「また目をさまさせられたわ……昼間に眠とうなってかなわぬ……」
桜之助には物音の主はわかっている。
二度寝もできぬほどはっきりと目をさましてしまった。
桜之助は起きあがり、板廊下に出た。
足の裏から板の冷気が伝わり心地よい。
(そうじゃ……いっそ廊下に寝れば涼しかろう……今度、竹治郎と試してみるか……)
よい思いつきだが、桜之助の脳裏にはふたつの顔が浮かぶ。
「ひとかどの武士ともあろうものが、足軽雑兵のごとく廊下に寝るとは、かぁぁぁぁ…
…情けない。婿殿、わが孫になんというまねをさせるおつもりか」
竹治郎を溺愛する高瀬の爺さまだ。
妻の奈菜の剣幕は爺さまより激しい。

「あなたさまには江戸での竹治郎をしかとお預け申したのです。それが廊下で父子並んでごろ寝、とは。あきれてものも言えませぬ。江戸の旗本家では、子どもにこのようなことをさせるのでございますか。奈菜は駿河の田中、田舎育ちではございますが、武家にかような作法があるとは、ついぞ耳にしてはおりませぬ……竹治郎にかようなふるまいをさせるおつもりなら、いっそ田中にお戻しください……今すぐに……」

桜之助は脳裏の奈菜に両手をあわせてあやまる。

「いや……竹治郎は帰すわけには参らぬ……すまぬ」

桜之助は気を取りなおし物音のする勝手のほうに進んだ。

静まりかえった屋敷のなか、桜之助も忍び足になっている。

勝手は普段はかまどなどの火をつかうところなので、夜間の火の用心は厳重だ。

火の気のない勝手は完全に闇のはずだが、一点だけちらちらと朱のあかりが動いている。

「獅子右衛門殿……いかがされたかな」

桜之助は勝手のなかに向かって声をかけた。

びくりとした様子で朱のあかりがあたふたと動いた。

「いや、なに、主人殿《あるじどの》か……なんでも……なんでもござらぬよ……」

なんでもないという言葉とはうらはらに、獅子右衛門の声はかなりあわてふためいている。桜之助は暗がりのなかの獅子右衛門に告げた。

「酒でござるか……みどもも目をさましたによって、お付き合いいたしましょう……そうだ、みどもの寝所の板廊下がいたく涼しゅうござった……庭を前に、一献、参りましょうぞ」

七

夜明けまでまだ二時《にとき》（四時間）ほどある。

庭から風が吹きこむわけではないが、板廊下に腰をすえるとじっとりとした暑さの幾分はしのげる。

夜中なので酒の燗はできない。

桜之助は獅子右衛門が冷えたなりの酒を注いでくれた湯飲みに形ばかり口をつけた。

獅子右衛門も湯飲みに酒を注ぎ、ひと息にあおる。

ふうっ、と息をついた獅子右衛門だが、以前のようにいかにも旨そうな酒の飲みようではない。

桜之助は訊ねた。

「村松殿はこのところ、酒量が増えておられるか」

獅子右衛門は桜之助には答えず、空になった湯飲みを手のなかでひねり回している。まるで酒を飲む己《おのれ》を恥じているかのようだ。

桜之助は徳利を取りあげ、獅子右衛門にすすめる。

「これはつまらぬことを訊いてしまい申した。とがめているわけではござらぬゆえ、さ……」

桜之助は獅子右衛門の湯飲みに酒を注いだ。

獅子右衛門は注がれた酒を飲もうとはせず、じっとうつむいている。

獅子右衛門は酒に目を落としたままつぶやいた。

「そろそろ暑くなり申すの……」

桜之助は黙って獅子右衛門を見守った。

「国元の田中におった時分には、夏には蓮花寺池の畔《ほとり》に涼みにでたものじゃ……あすこは昼日中には蚊やら虻やらがむらがってかなわぬが、朝方や日暮れには池の水を渡るなんともよい風がとおるのじゃ……」

獅子右衛門は続ける。

「城之腰や鰯ヶ島の浜に泳ぎに出かけたりもしたわ……死んだ妻《さい》を伴うて、の……妻は身体が弱かったゆえ、遊山などに連れていくこともなかなかかなわなかったが……」

獅子右衛門は顔をあげた。

暗い庭にむけて話を続ける。

「あの浜遊びはおもしろかった。海の向こうに青い富士がくっきりと浮かんでの……わしはこうみえても水練が得意なのじゃ。いや、嘘ではない……あんまり遠くまで泳いだゆえ、浜で待っておる妻がいたく気を揉んだものじゃ……」

「村松殿の御新造は、それはそれは、お美しくお優しい方だったそうにございますな……高瀬の祖父や奈菜もそう申しておりました」

獅子右衛門は桜之助の言葉を振りはらうかのように続けた。

声が一段、高くなっている。

「そうじゃ、若君にも水練をご伝授申そうかの……まことわしは水練の名手なのじゃよ……いや、さすがに若君を水にお入れするとなると、帯刀さまがお許しにならぬか……そうじゃ。では竹治郎に伝授いたそうか。わしの抜き手は、なかなかのものじゃ。わしには子がないゆえ、誰にも伝えずにおくとはいささか口惜しい……」

桜之助は獅子右衛門が注いでくれた酒に口をつけた。

コトリと音をさせ、湯飲みを板廊下に置く。

獅子右衛門の耳に桜之助の声が届いたか定かではない。

獅子右衛門は手にした湯飲みの酒をまたひと息にあおる。

「村松殿は、少しお疲れのご様子……」

桜之助は続ける。

「少しお休みなさってはいかがかと……」

「いや、高瀬殿にご心配をおかけしいたみいり申す……」

獅子右衛門も湯飲みを置き、ふうっと息を吐いた。

桜之助は重ねて訊ねた。

「御家督相続の件の運びは、いかがでございまするか」

「うむ……なかなか、の……」

獅子右衛門は自嘲するかのような口調になった。

「神君家康公と武田入道信玄公が争った三方《みかた》ヶ《が》原《はらこのかた》以来、二百年にわたり駿河田中に隠れもなき村松家……などという看板をなまじ背負わされておるばかりに、のう……」

「国家老、生駒監物さまが請けあってくだされたと聞きおよんでおります。監物さまのお力添えがあれば御家督も……」

「のはずじゃが……」

獅子右衛門はつぶやく。

「なんとか致さねば、のう……」

庭から渡る風は、重く淀んでいた。

八

「えいえいえいッ」

甲高い掛け声が響く。

伯耆守さまが若君のために造らせた武術の稽古場だ。

ゆくゆくは剣術のほかに体術や弓術の稽古にもつかわれるはこびとなる。

「いかがかな。ふたりとも、剣の振りが早くなったであろう」

叔父御が桜之助に声をかける。

「さよう。若君も目にみえてたくましゅうなられましたな」

「拙者が稽古から屋敷に戻ると、すぐに数から『若子はいかがでございました。叔父御の稽古でよもや怪我などはしてはおりますまいな』と、まあうるそうてかなわぬ」

叔父御が肩脱ぎになった襟首を整えながら笑った。

獅子右衛門は本日は暇をとり、どこかへ出かけている。

代わりに桜之助が若君についている。

桜之助は叔父御に訊ねた。

「村松殿はこのところ、いたくお疲れのご様子……甥御殿に御家督をゆずろうとされているが、はかばかしくないようでございますな」

叔父御は稽古場の羽目板の前に置かれた床几にどかと腰をおろし応じる。

「御守役の御役目に障《さわ》りがあるわけではないが……このところ顔色も悪く、目も落ちくぼんでおられるの」

叔父御は横目で桜之助をうかがいながら続けた。

「国家老、生駒監物が、また江戸に参っておるそうじゃな」

「まことにござりまするか」

「なんとも家中の事情に疎《うと》い留守居役殿じゃ……」

叔父御は笑う。

国家老がむやみに国元を離れるなどあってはならぬ話だが、生駒監物は以前よりたびたび江戸に出むいている。

白河殿に寄り添い、秘かに家中の実権を握ろうという野心をもつ男だ。

伯耆守の奥方、数を遠ざけ、身内の女に本多家の跡取りをもうけさせようとしていたが、若君が後継と定まってからはなりをひそめている。

「監物さまも、すっかりおとなしゅうなられたと存じまするが」

「はっはっは……あのような奸物が素直に引っこんでおろうはずはないぞ」

叔父御は笑う。

「ただ、後ろ盾の白河殿が生駒監物を見限りかけているらしい。白河殿は厳しいお方ゆえ、ただ尻尾を振るだけの……生駒づれのようなものの見限りも早いでのう」

「そうでござりましたか……まだまだ油断は禁物なのでございますな……」

ゆえに生駒監物はいっそう焦っている、とは家中の見立てらしい。

張りつめた声をもらす桜之助を、叔父御はまた笑った。

「さてさて、まこと頼りない御守役殿じゃ……出入りの剣術指南の拙者の耳にさえ入っておる話じゃぞ……」

叔父御はふと笑いをおさめ、つぶやく。

「拙者のように部屋住みが永いとの……自然、屋敷のなかの噂話に聡くなるのじゃ……桜之助殿のようにつまらぬ事情に惑わされず、まっすぐにしておられる姿が本来かもしれぬ……」

叔父御は床几から立ちあがった。

若君が桜之助に声をかける。

「桜じい……獅子じいはおらぬのか。獅子じいがおらねば、余は稽古に身が入らぬぞ」

桜之助は笑って若君に応じた。

「獅子じいがおらねば身が入らぬとは、それでは強い武士にはなれませぬぞ……どれ、本日はこの桜じいが若君をお鍛え申しましょう。打ち込みのお相手仕る」

九

竹治郎はおかしな話を好む。

桜之助は奇譚怪異譚《きたんかいいたん》のたぐいには全く気がそそられぬから、(いったい誰に似たのじゃろう)と思う。

駿河田中にいた時分に高瀬の祖父《じい》さまから「蓮花寺池の水神さま」やら「岡出山の狐火」やら「当目浜《とうめはま》のかんの岩」だの、まわりで伝えられてきた昔話をさんざん吹きこまれていたようだ。

いつか祖父さまと小夜の中山（静岡県掛川市）の夜泣石を見物にいこうと約束もしていたようだ。

江戸に下ると、今度は獅子右衛門だ。

田中の旧家の当主らしく、獅子右衛門は高瀬の祖父さまに輪をかけて古譚《こたん》に詳しい。「瀬戸谷《せとや》のおきみの滝」やら「益津合戦須藤左門《すどうさもん》の祟り」とかを吹きこむ。

若君や竹治郎もまだ幼い子どもだ。

剣術の稽古などは身体を動かすからまだしも、素読や手習いなどとなるとしばらくすると尻をむずむずと動かし始める。

そうなると竹治郎の出番だ。

獅子右衛門は御守役をおおせつかっている以上、狐狸妖怪や物の怪、化け物のたぐいの話を若君に吹きこむわけにはいかない。

代わりに、「ところで竹治郎……そなたの国元、駿河の田中のかんの岩じゃが……」と水をむける。

すると竹治郎は、「かんの岩は田中ではございませぬ。田中から三里ほどの当目と申す浜の沖合に頭をだしている岩にございます」と応じる。

学問に飽きてきた若君がすかさず「かんの岩とは変わった名じゃ……観音菩薩にゆかりがあるのか」と竹治郎に問いかける。

「はい。ある日、観音菩薩が岩のうえに姿をおあらわしになり、浜辺のものどもに今宵浜辺に津波が押し寄せると告げたそうにございます……浜辺のものたちはおそれおののき、高き山に逃げ、夜を迎えたところ……」と竹治郎が観音菩薩の奇瑞《きずい》を若君にお話し申しあげる。

ひとしきり不思議議話が済んだところで獅子右衛門は若君と竹治郎に声をかけ、ふたたび素読や手習いに気をむかせる、という寸法だ。

いつぞや獅子右衛門は桜之助に、「いやはや、竹治郎は子どもながら話が上手い。拙者なども思わず聞きいってしまうほどじゃ。きっと座談の名手になるぞ」と竹治郎をほめた。

（おしゃべりな武士、とは、あまりぞっとせぬが……）

いささか行く末が心もとないが、若君のお相手としてお役に立っている様子に安堵しないでもなかった。

駿河田中の奇譚だけではない。

獅子右衛門は江戸の話にも詳しい。

番町七不思議やら麻布七不思議やら本所七不思議やらを仕入れてきては、小出しに若君や竹治郎に話して聞かせる。

竹治郎は「馬喰町《ばくろちょう》七不思議」のひとつ、天水桶で死んだ子どもの話を獅子右衛門から聞かされたときには、夕餉のときにも興奮がおさまらなかった。

桜之助は、「これ。武士たるものが膳部に向かいながら、かような市井の噂話などを口にするものではない」と叱らねばならなかった。


暑さも増してきた。

町中だけではなく、江戸留守居役の寄合でも好事家《こうずか》のものが気味の悪い怪談話を披露して悦に入る時候だ。

獅子右衛門は若君と竹治郎に、本多家上屋敷に伝わる奇譚を話して聞かせたらしい。

竹治郎は夕食の箸を動かしながら、桜之助にうわずった声で訊ねる。

「父上はご存知でございますか……この屋敷の北の隅、築山の背後に祠がございます」

「ああ。あるのう……」

桜之助は、蛸の脚の甘辛い煮付けを噛みながら竹治郎に応じる。

「あの祠はなんの祠か、ごぞんじでございますか」

「いや、知らぬ」

筋の強い蛸の足があり、噛み切るのに少々手こずる。

「あの祠はイズナの祠だそうにございます。イズナ……」

「存じておる……飯綱、と書くのじゃろう」

桜之助は指で宙に文字を書く。

江戸の町にも時おり、飯綱使いと称するものの姿をみかける。

山伏のような出で立ちで、お告げや加持祈禱を行う淫祠邪教《いんしじゃきょう》のたぐいのものだ。

当屋敷ができるずっと以前からある小さな祠で、屋敷が建てられたときにも壊されずに残っている。

「なんでも、屋敷を建てるとき祠を壊そうとした人足が、たちまち何者かに打たれたようになり、地を這いのたうちまわって絶命いたしたという……」

「竹治郎」

筋の強い蛸の足を飲みくだした桜之助は、さらに別な蛸の足に箸を伸ばす。

「飯を食うときには、専心で飯を味わうのじゃ」

「はい」
竹治郎は口をつぐんだ。
(やれやれ……本当《ほん》におしゃべり好きな奴だ……)
桜之助に叱られた竹治郎は、飯をかき込みもぐもぐと口を動かしている。
我が子ながら食べっぷりはよい。
(それにしてもよう食べるのう……いったい誰に似たのやら……)
桜之助の口のなかで、蛸を煮た甘辛い汁がじゅ、っとはじけた。

十

まもなく処暑となる。
暑い日が続く。
定九郎が火盗屋敷から解き放ちになった。
大乃に戻った定九郎を浦会の面々が迎えた。
「手前の帰還祝いで皆さまがお集まりくださったは身に余るしあわせ……とは申しなが

ら……」

　定九郎は座敷に居ならんだ顔を眺めまわして続ける。

「酒肴、料理をととのえるは手前の役目……目の回る忙しさでございます。要は浦会の皆さまが飲み食いなさりたかっただけでございましょう」

　笑う定九郎に、同じく笑い声がほうぼうから飛ぶ。

「そう堅いことを申すな、定九郎」

「おお、これはしたり……定九郎も飲みたいものとみえる。さ、こちらに参り我らとともに……」

　同心の奥田によれば、火盗は定九郎に手荒なまねは一切しなかったという。

　奥田の言葉のとおりだろう。

　長い間の押し込めでやや顔色は悪いが、ふっくらと福々しい顔つきは変わってはいない。

　座敷から定九郎に声が飛ぶ。

「思いのほか、やつれてはおらぬが、火盗はきちんと飯を食わせてくれたのか」

「それが三度三度、一汁三菜の献立で」

「ほう」と皆感心する。

のう」

「長谷川平蔵、鬼のごとく怖れられておるが、なかなかきちんとした男なのかもしれぬ
「さようにございます。ただ……」

定九郎は顔をしかめる。

「飯の炊きようが雑でございました。汁もただ塩辛いだけ。菜も、あと一手間かければ
もそっとましになりましたものを……」

「では定九郎を再度火盗屋敷に送りこみ、飯の指南をさせようかの」

「いや、それは御免こうむりまする」

定九郎はきっぱりと言い放った。

桜之助は心のなかで（火盗のほうも、小うるさい定九郎などはのしをつけて浦会に帰
したかったと奥田殿も申しておったぞ）と笑う。

定九郎は続けて一同に告げた。

「浦会の皆さまへ、火盗よりつけとどけが参っております」

定九郎の合図で、『大乃』の若い者がふたりがかりで大きな樽を座敷と庭をへだてる
縁に担ぎこんだ。

「伊丹の『老松』にございます」

座敷から「おおっ」というどよめきがあがる。

「伊丹の銘酒とは……火盗もおごりおったの」

「なかなか味なまねを致すではないか……しかし……」

果たして火盗から贈られた酒を口にしてよいものか、という声があがる。

「ここはひとつ、火盗の長谷川と肝胆相照《かんたんあいて》らす高瀬殿に毒味をしていただこうか」

「そうじゃそうじゃ……ささ、高瀬殿、ひと口参られよ」

重鎮の松山主水や後藤頼母までが皆と一緒になってはやしたてている。

浜島新左衛門がすばしこく立ち回り、勝手から枡を借りてきた。

なみなみと酒が満ちた枡が桜之助の顔の前に突きだされる。

芳醇《ほうじゅん》な酒の香が桜之助の鼻をうつ。

「しからば」

桜之助は覚悟を決め、枡の角に口をつけた。

桜之助の喉を、とろりとした伊丹の酒が流れ落ちる。

同時に芳香が桜之助の口中から拡がり、鼻腔や耳の穴からも抜けてでていくようだ。

「旨い」

思わず声にだした桜之助は、改めて一同に告げた。

「いや、みどもは酒の味もなにもわからぬ不調法者でござるが……この酒、香も味も格別でございましょう……お毒味仕りましたゆえ、ご一同も是非」

「しからば拙者もいただこうか」

「柄杓《ひしゃく》を樽においておけばよい。各々、勝手次第にやれるようにのう」

皆、火盗から贈られた酒に舌鼓を打っている。

桜之助は感嘆した。

「さすがは長谷川平蔵殿……わざわざ上方の銘酒を選ぶとは……」

白河殿は江戸の名物たるものを生みだそうと躍起になっておられる。

なかでも江戸新川で造らせている江戸産の酒、関東上酒にはたいそうな入れこみようだ。

白河殿を後ろ盾としていると目されている平蔵ならば関東上酒を贈ってしかるべきところ、わざわざ上方の伊丹の銘酒を選んでいる。

関東上酒の評判はかんばしくない。麹くささが抜けず、また甘たるいとさんざんのいわれようだ。

桜之助には平蔵の声が聞こえてくるようだった。

「せっかく飲むなら、旨《うめ》え酒でなくっちゃいけねえ……そうじゃございませんか、高瀬さま……」

十一

火盗から届いた酒樽はあらかた空になった。
大力自慢で酒豪の後藤頼母などはまっ赤な顔を至極満足そうにほころばせている。
桜之助は上座の松山主水に目を送った。
松山主水は桜之助に、同じく目で応える。
浦会を率いる『ご老人』、服部内記は、ひとり半眼のまま顔をうつむかせている。
松江の松平不昧公の家中、沢松伊織も桜之助に目を送ってきた。
桜之助も応じる。
酒で乱れた座敷の様子は変わらぬが、そこかしこで目くばせが交わされはじめた。
（さすがは浦会の面々じゃ……酔うても決して乱れぬ……）
桜之助は、強いられて口にした酒が身体に回っておらぬかとじっと気を凝らしてみた。
（大事ない……動ける……）

突如、後藤頼母の大声が座敷に響きわたる。

「欣快《きんかい》、欣快ィぃぃ……」

頼母の声で、まるでしめしあわせていたかのように座敷中が動いた。

最も素早い動きは主水だ。

「えいッ」

気合いとともに小刀を天井めがけ投げつける。

天井からは物音ひとつしないが、天井板を突き破った小刀が何かに当たった様子だ。

主水は苦笑した。

「いささか酔《よ》うておったようじゃ……手元が狂い仕留め損《そこ》のうた……」

盗賊あがりの浜島新左衛門はすでに勝手口に回り、天井裏にあがっている。

桜之助をはじめ座敷の面々は刀を引きよせ立ちあがり、主水のもとに参集した。

天井裏からはどすんどすんと格闘をしているかのような物音が聞こえる。

新左衛門と曲者だろう。

ばりっ、べりっ、という物音がしたかと思うと、大きな塊が天井板を突き破って座敷に落ちた。

『大乃』では天井はどこもわざと薄くしつらえている。

天井裏に忍び込むものがあれば、すぐに踏み抜かせるためだ。

曲者を取り押さえようとする新左衛門は身の軽さが身上だが、あいにく体術はおろか武芸の心得は全くない。

曲者を捕まえたはよいが持てあまし、自ら薄い天井板を踏み破り座敷に落下したのだ。

「新左衛門、ようやった」

頼母が曲者を取り押さえる。

黒ずくめのなりをした曲者は、主水の放った小刀で脚を深く傷つけられ身動きができぬありさまだ。

伊織が主水に告げる。

「『大乃』は取り囲まれておるようにございますな」

主水はうなずき、半眼で座したままの内記に訊ねた。

「我らを一網打尽にせんとする仕業……相手は御影……でござろうな」

内記はうなずく。

主水は重ねて、「取り囲まれ、火でもかけられれば厄介でござるな」と内記に告げる。

内記はようやく目を開き立ちあがった。

「ここは町中。火はかけまい……御影は白河殿を支えるためにのみ動く。大火にでもなれば人心は白河殿より離れるは必定ゆえ……」

伊織はすでに面々と図っている。

「『大乃』は城郭のごとく守りには強いつくりじゃ……勝手口を二人で固め、あとは正面から入る敵を庭先で迎え撃てばようござろう」

「おう」「おう」

皆、口々に応じ散っていく。

「ありゃありゃ……」

新左衛門が素頓狂な声をあげた。

「こやつ……毒でものんだとみえてこと切れておりまする」

主水はうめいた。

「われらは命までは取らぬものを……あわれな……」

主水は片手で曲者の死骸を拝む。

桜之助も同じく片手を死骸にむけた。

(役目をし損じたものは皆、自害しておる……敵に捕らわれるより死を選ぶとは……白河殿はどこまで怖ろしいお人なのじゃ……)

十二

『大乃』の屋内に入るには勝手口のほかには枝折り戸をくぐるしかない。

枝折り戸の先の両側は植え込みになっており入り口に続く。

入り口の手前には庭に続く小径《こみち》が目立たぬように切られている。

小径を抜けるといきなり泉水のある庭がひらける。

浦会は庭にでてくる御影の手勢を待ちかまえる形だ。

内記は座敷の縁にすくと立っている。

長押《なげし》にかけてあった槍を突いた姿はいかにも浦会の総大将格らしい。

内記と並んで沢松伊織が軍師役として、庭だけではなく勝手口の様子にも気を配っている。

縁を降りたすぐのところに松山主水が伊織の声を聞きながら副将として一同を差配する。

桜之助も羽織を脱ぎ捨て、刀の紫の下げ緒で素早くたすき掛けをする。

浦会は草木の茂みに覆われかけた小径口を扇状に囲み、姿をあらわす御影のものを待ちかまえる。

主水の声が飛ぶ。

「あまり近づかぬように……」

同時に小径口を覆う茂みが一度、二度と鋭く光った。

シュッシュッという風を切る音とともに鋭い槍の穂先が突きだされる。

江戸の市中を、長槍をかついで本所までくるはずはない。

(短い手槍か……工藤直太夫が授けた策か……なかなかの軍略じゃ)

一対一の果たし合いとは異なり、刃《やいば》をあわせる以前の態勢で勝敗が定まる戦いだ。

手槍を用意しているとあれば、ほかの武器にも気をつけねばならぬ。

本格の弓ではないにせよ、座したままでも矢を放てるほどの短い半弓も飛んでくるやも知れぬ。

小径口を囲む浦会のものたちはさらに下がる。

主水の声が響いた。

「飛び道具に気をつけ召されよ……敵を庭先に入れてしまうのじゃ」

手槍に続いて御影のものたちが次々に姿をあらわした。

「敵は十五人ッ」と伊織の声が飛ぶ。

斎藤与右衛門は最後に姿をあらわした。
与右衛門の目は桜之助をとらえて離さない。
桜之助も与右衛門をしかと目で押さえる。
（みどもと剣を交えたいのか、斎藤与右衛門……）
桜之助は下段にかまえた刀の柄を握りなおす。
『大乃』の庭で浦会と御影とがにらみ合う。
双方、先陣を切って相手に斬りかかろうとするものはいない。
ただ刀をかまえ、にらみ合っているだけだ。
桜之助の頭上でかすかに物音がする。
浜島新左衛門が屋根にあがっているらしい。
（新左衛門、なにを企てておるやら……）
桜之助が思う間もなく、頭上から赤い蜘蛛の巣が拡がりながら庭先に降りそそいだ。
（蜘蛛の巣……いや……投網《とあみ》か……）
新左衛門が屋根のうえから投網を投げた。
御影のものたちを文字通り、一網打尽に搦め捕ろうという目論見だ。
素早く身を交わしたものもいれば、何人かは網に絡み捕られもがいている。

網を切り裂いて逃れようとする。
にらみ合っていた均衡が崩れた。
それッ、とばかりに浦会のものたちが御影に襲いかかろうとする。
「火薬の匂いじゃ……皆伏せろ、伏せろッ」
伊織が声を限りに叫んだ。
同時にダンッと、重く鋭い音が庭に響きわたる。
(な……内記殿が……)
御影が放った鉄砲の玉は内記の身体をわずかにかすめ、背後の襖も貫通させた。
内記は槍を地に突いた姿のまま動かぬ。
「ご老人ッ」
「内記殿、ご無事か」
浦会の者たちから内記を気づかう声が飛ぶ。
桜之助の目には与右衛門が笑みを浮かべたようにみえた。
桜之助から目は離さぬまま、ゆっくりと刀を鞘に収める。
(引きあげるのか)
与右衛門は桜之助に背をむけると顔をしかとあげたまま悠然と小径口から去っていく。

手練れの能役者らしく、ひとさし舞い終えてのちに橋懸《はしがかり》を渡って揚げ幕のむこうに消えて行く風情だ。

ほかの御影のものたちも与右衛門のあとから順に静かに姿を消してゆく。

手槍や鉄砲があるのでうかつには後を追えぬ。

御影の最後のものが姿を消し、桜之助はようやく大きく息をついた。

下段にかまえたままの刀はついに一分たりとも動かさぬままだ。

（しかし、この掌の汗はどうだ……）

桜之助は、終始あわせ続けた与右衛門の目を思いかえす。

掌の汗は、暑さのせいばかりではなかった。

十三

「この庵はご覧のとおり、みすぼらしゅうございますがな……どうしてなかなか住み心地はよろしゅうございます」

鉄仙和尚は常とかわらず、まん丸な顔に柔らかな笑みを浮かべている。

和尚は芝増上寺の広大な境内のなかの雑木林に小屋を建てて住んでいる。

関東浄土宗総本山の高僧とはとても思えぬ暮らしぶりだ。

「冬は囲炉裏をくべればしのげ申します。また夏は夏で、ちょうど木立に風が渡る径《みち》になっておりましてな。ほれ、よい風が通りまする……かの吉田兼好が『家の作りやうは夏をむねとすべし』と申したとおりでございますな……」

ちょうど暑さしのぎの甘酒をはこんできた不乱坊が口をはさむ。

「したが、夏は土間には虫がわんさかわいて難儀いたします……また竈《かまど》の前は熱いこと熱いこと……夏は住み心地がよい、とは、鉄仙さまのように呑気にお暮らしの坊さまの言いぐさでごぜえますよ」

平素は寡黙な不乱坊にしては珍しい。

和尚は平気で、「暑さ寒さも修行じゃよ、不乱坊……」と笑う。

不乱坊のような巨漢の盗賊あがりの男を使っているところは、鉄仙和尚の懐の深さだ。

桜之助は不乱坊が前においてくれた甘酒をひと口啜った。

口中に残った粗いままの米麴を舌先でつぶして呑みこむ。

甘味が全身にしみ渡り、暑さで疲れた身体を生きかえらせてくれる。

「代わりを所望」

桜之助は遠慮なく飲み干した湯飲みを不乱坊に渡した。

和尚はゆっくりと甘酒を味わい、両手で湯飲みを包み込むようにしてもっている。

「しかし、この太平の御代にとんだ修羅場でございましたな……敵味方、あわせて三十人ものお侍の斬り合いとは」

「みどもも敵がただひとり、相対《あいたい》の戦いにつきましては剣術の心得もあり、この身の動かしようは心得てはおりまするが、なるほど相乱れての戦《いくさ》は格別でございました。かような形になりますと、滅多に斬り合いにはならぬものでございますな」

「浦会のお歴々が瞬時に敵を迎え撃つ態勢をとられたとは、さすがでございますな」

「いかにも……よりすぐりの面々と感服いたしましたが、さらに驚くは御影でございます」

「手槍や鉄砲までたずさえて浦会を襲撃とは……」

「御影の軍師、工藤直太夫は怖ろしき男にございまする……こたびは天井裏に忍びこんだ物見《ものみ》に気づいたゆえ我らも態勢をととのえ申したが、不意をついて一気に押しよせらるればいかが相なったか……」

「ふうむ……奇襲は兵法の第一と申しますから、のう……」

和尚は両手で包み込んだ湯飲みを掌のうちでひねり回している。

「またご老人、内記殿が鉄砲で打ちかけられしときは肝を冷やし申した……外れたが幸いでございます」

「まこと、幸いでございますな」

和尚は桜之助の言葉を繰りかえす。

相変わらず湯飲みをひねり回しながら、なにか考えている様子だ。

桜之助は続ける。

「剣術体術や槍、果ては忍び押しこみまで、諸術の手練れを揃えし御影のこと、鉄砲の名手もおったことと存じますが、よもや外すとは……」

和尚は湯飲みをひねり回しながらぶつぶつとなにかつぶやいている。

「『大乃』の主人《あるじ》、定九郎殿が火盗屋敷から解き放ちになれば、浦会が集まり祝いの席が設けられるは必定……そこを襲えば浦会はおそらく壊滅……御影にとってはたやすかったはず……」

「御坊……御坊のおっしゃることがみどもにはとんと……」

桜之助にはかまわず、和尚は続ける。

「江戸の町の人々を怖れさせるために押しこみ人殺しまで集めておった御影……高瀬さまのおおせのとおり、諸術の手練れを揃えた御影が浦会の首魁の服部内記さまを仕留め損ならとは……」

和尚のつぶやきは続く。

「しかも御影は斎藤与右衛門以下の総員が悠々と『大乃』から引きあげていったのでございますな……自害もせずに……」

桜之助の心の臓はどくんと大きく鳴った。

「御坊……」

するとそもそも御影の襲撃は、浦会殲滅が目的ではなかったのだろうか。

和尚は顔をあげて桜之助をまじまじと見つめた。

「まだまだ、先は永《なご》うございますぞ……高瀬さま」

十四

竹治郎の様子があやしい。

いや竹治郎だけではなく若君もあやしい。

ご機嫌伺いに御前《ごぜん》にでた桜之助にも妙に大人びた態度をみせる。

平素は「獅子じいとはちがい、桜じいはあれこれやかましいゆえ、余は嫌いじゃ」とむずかっている若君から「高瀬、大儀」などと声をかけられ、桜之助はあやうく噴きだすところだった。

桜之助にも覚えがある。

竹治郎と若君は、きっとなにかを企んでいるにちがいない。

獅子右衛門は愉快そうに笑っている。

「屋敷の奥にある、ほれ、イヅナの祠……新月になるとイヅナの神があらわれるという話を若君がお聞きになり、いたく心を奪われているご様子」

竹治郎と示しあわせ、次の新月の晩に飯綱の神を拝みにいこうという魂胆のようだ。

「なに……拙者も遠目よりこっそりと見守り申すゆえ心配御無用」

獅子右衛門が請けあう。

ひところに比べ、獅子右衛門もだいぶ落ち着いてきたようだ。

村松家の家督の話がようやく好転したのだろうか。

夕餉のあと、桜之助と庭を眺めながらの一献がならいになっている。

相変わらず酒は飲むが、顔色もよく、陰鬱になりもしない。

(獅子殿はこうでなくては、のう)

桜之助は酒は口にしないが、獅子右衛門の酒の相手は厭ではなかった。

酒がはいると獅子右衛門は遠慮がない。

板敷きの縁にごろりと肘枕《ひじまくら》で寝そべったまま庭にかかる月を眺めている。

「ああ……美しい月じゃ……」

獅子右衛門には似合わぬつぶやきに、桜之助も少しからかいたくなる。

「いつになく風雅を愛でるご様子……ここで一首、いかがでございますかな、村松殿」

無言で月を眺めていた獅子右衛門は、突如、低い声を発した。

「願わくば……」

桜之助は突然の声に驚き、獅子右衛門の顔を見た。

両の目を開けて無心に月を眺めている。

獅子右衛門は続ける。

「願わくば　光なき夜の秋に死なむ　月なき闇はのどけからまし」

獅子右衛門は肘枕のまま我にかえったかのように桜之助に目を送った。

むろん桜之助には歌の巧拙などはわからぬ。

獅子右衛門は「ははははは……」と照れたように笑い、桜之助に言い訳じみた口調で告げた。

「昔、西行とかいう坊主が似たような歌を詠んでおっての……」

桜之助は歌意がわからず獅子右衛門に訊ねる。

「闇夜に死にたい、とは、いかなる心もちでございますか……どうせ死するなら、このような美しい月のもとで死ぬるが本望ではございますまいか」

肘枕の獅子右衛門は、うっとりとした目で月を見あげる。

「いや……かように美しき月を眺めておると死ぬのが厭になってくるではないか、ゆえに死するは闇夜に、と……」

「さようなものでございましょうかな」

「さようなものじゃ……」

獅子右衛門の目は、月を超えたはるか遠くを見ているかのようだ。

「拙者の妻も、の……月なき秋の夜に死んだのじゃ……葉月朔日《はづきさくじつ》、まもなくの新月は妻の祥月命日じゃ……」

十五

桜之助は目をさました。

物音はせぬが、なにかが動いている気配がする。

ときおり権助が大騒ぎして追い回す鼠や鼬《いたち》のごとく敏捷なものではない。

気配を消して動かねばならぬと心得てはいるものの、気を研ぎすませばすぐに悟られる動きだ。

桜之助は寝床で起きなおった。

葉月朔日の夜半だ。

「竹治郎か……」

桜之助は苦笑する。

獅子右衛門によれば、竹治郎と若君は新月の夜に庭の奥深くにある朽ちかけた祠に降臨するという飯綱の神を拝みにいこうと示しあわせているらしい。

勝手口の戸をきしませながら開ける音がかすかに響く。

「はてさて、いかがなることやら……」

桜之助は寝床から立ちあがった。

寝間着を脱ぎ捨て、普段着に袖をとおす。

若君たちは獅子右衛門が遠目に見張ると請けあってくれてはいるが、目をさましたっいでだ。

桜之助は、幼いものたちだけの企ての成りゆきを見守る気になっていた。

勝手口をでる。

敷地には、本多伯耆守さまや若君の住まう屋敷のほか、桜之助が暮らしているような独立した家屋や郎党たちのための長屋が並んでいる。

また上屋敷は広大な庭をかかえている。

庭の池のむこうは裾の広い小山になっている。

江戸市中でいちばん高い山は尾張さまの中屋敷にある箱根山といわれる。伯耆守さま上屋敷の山は高さはさほどではない。

そのかわりに草木が生い茂る緩やかな勾配がいつまでも続いている。

山への入り口から先は、年に何度か庭の手入れをするための職人がはいるほかは誰も足を踏みいれない。

イヅナの祠は山の向こう、隣の岡田将監《おかだしょうげん》の屋敷と境を接するところにある。

（これは……子どもではなかなか怖ろしかろう……）

新月の晩だ。たのみは星あかりだけだ。

かすかに竹治郎の姿が見える。

きちんと袴を着けているところは、イヅナの神に出くわしたときに礼を失しないようにという子どもながらの気配りだろうか。

竹治郎は背中になにか細長いものを斜交いに背負っている。

桜之助が竹治郎に与えた小刀。

田沼山城守、いや三津田兵衛の形見のひとふりだ。

子どもの背丈では腰に差せぬゆえ背負ったのだろう。

（上屋敷のなかで、わざわざ腰のものをたずさえずともよいのに……まあ、子どものすることじゃ……）

桜之助は二度、苦笑した。

前をゆく竹治郎は山の勾配にさしかかった。

遠目の後ろ姿だが、怖《おそ》れる様子もなく背丈ほども伸びた草をなぎ払いながら進んでゆく。

（怖れを知らぬとは頼もしい……が……）

竹治郎はこの先、思いもよらぬ事態に幾度も出くわすだろう。

桜之助もあまり物事を怖れない性質《たち》だが、近ごろでは怖れるべきときには怖れたほうがよいと思っている。

（怖れを知らぬあまり、とるべき道を誤ったり、あるいは命をも奪われるに至るやも知れぬ……）

竹治郎があと少し成長したら、しかと教えたい。

（が、みどもでは教えられぬな……獅子右衛門殿にうまく教えていただきたいものじゃ……）

獅子右衛門の姿は見えない。

若君と竹治郎の見守りをいたす、と力強く請けあった獅子右衛門だったが、（ゆうべもご機嫌できこしめしておったようじゃ……おおかた今ごろは高いびきじゃ……）。

竹治郎は若君と合流したようだ。

声をひそめてはいるものの、そこは子どもだ。

真夜中に庭の山にはいるという企てに興奮して、ささやき声がよくとおる。

「誰にも見つからなかったであろうな」

「はい。首尾よう抜け出して参りました」

「イヅナの神とは……狐神《きつねがみ》であろうかの……」

「獅子右衛門お師匠さまは、『まだ誰も見たことがないゆえ姿形《すがたかたち》はわからぬ』と仰せでございました」

「さすれば余たちがはじめてイヅナの神を目にするのじゃな」
若君の声は早くも弾んでいる。
ゆるやかな山の勾配は下りになった。
ずっとまっすぐな一本道の下り坂がつづいている。
「あれ……あの先がイヅナの祠でございましょう……」
竹治郎の声がする。
坂を下った先に、小さな祠が星あかりに浮かびあがっている。
「まだイヅナの神の姿はみえませぬな……」
竹治郎が先に立って祠に近づいてゆく。
若君も、竹治郎に励まされるようにしておそるおそる祠に近づいていく。
桜之助は足を止めた。
祠に至る坂の途中の草むらに、なにかがひそんでいる気配がする。
普段人気がないところゆえ、鼠か狸か、小さな獣が住みついてでもいるのだろうか。
(いや……獣ではない……)
桜之助は刀を帯びてこなかった不覚を悔やんだ。
(人じゃ……草むらに人が隠れておる……)

十六

祠の前に小さな人影がふたつ浮かんでいる。

若君と竹治郎だ。

祠をめざして一心に歩いている最中は恐怖を感じなかったようだ。

いざ目指す場所へたどり着いてみると、あたりの荒涼とした様子にはじめて薄気味の悪さを覚えたようだ。

ふたりとも声もださず、ただしきりに首を動かしてあたりの様子をうかがっている。

桜之助と祠の間の草むらから、ぬっと黒い影が立ちあがった。

全身黒ずくめ、頭から黒い覆面をかぶっている男の姿だ。

男はのしのしと大股で緩い坂を下っていく。

若君と竹治郎は近づく男の影に凍りついている。

歩きながら男は左腰の刀を抜いた。

銀色の刀身が星あかりに光る。

若君が「きゃあ」という声をあげた。

祠の前にうずくまり、顔を覆っておられる。

竹治郎はけなげにもうずくまる若君をかばうかのように両手を広げ守っている。

男は魂胆はわからぬが、猶予はならぬ。

桜之助は駆けだした。

男は桜之助の足音にも動ずる様子はなく、祠を目指してのしのしと進んでゆく。

桜之助は男の側《かたわ》らを回りこみ、竹治郎が両手を広げて頑張っている前に立った。

「若君を祠のなかにお連れ申せ……そなたは若君に覆い被さり、父が戻るまで何があっても顔をあげてはならぬぞ。よいな」

竹治郎は突如姿をあらわした父に心からほっとしたようだった。

目元や小鼻をひくつかせ泣きだしたいところをこらえている顔が健気だ。

男は足を早めてはいない。

のしのしと土を踏みしめる音をさせながら近づいてくる。

「そなたの背負うておる刀を父に貸せ」

「はい」

竹治郎は声を振り絞って答えると、背中に負うた三津田兵衛の形見の小刀を桜之助に渡した。

桜之助は小刀の鞘を払いながら男に向きなおった。

竹治郎と若君は祠に隠れたようだ。

桜之助は刀身を下げ、男の出方を待つ。

男は桜之助と数歩隔てたあたりで足をとめた。

刀身が長いほうが有利な果し合いで、小刀の桜之助は不利だ。

男は刀身を立て、顔の右にかまえる。

（この男……）

桜之助はうなった。

刀を抜いて若君や竹治郎に近づいていったからには害心はあるはずだが、相対している桜之助には男から殺気は微塵も感じられぬ。

男が頭からかぶっている覆面の口のあたりが、膨張と縮小を繰りかえしている。

かなり息が荒い。

（この男……剣の腕は……）

桜之助は小刀を青眼の形にかまえたまま戸惑った。

目の前の男は、どうみても剣術の心得があるとは思えぬ。

剣術の心得どころか、抜き身をかまえるなどおよそ似合わぬ男にしかみえない。

桜之助が踏みこんでゆけば、たとえ小刀であってもたやすく仕留められるだろう。

(この男はなにゆえ刀など抜くのだ……)

腕前に格段の差があるがゆえに、桜之助は躊躇のあまり男を斬れない。

男は桜之助の斬りこみを待っているかのようだ。

桜之助はためしに、刀の切っ先をほんの少し振ってみせた。

男はびくっ、と身体を震わせる。

立ててかまえた刀身がぶるぶると震えている。

いよいよもって腕前のほどが知れる。

桜之助は男に呼びかけた。

「そこもとは何者でござるか……なにゆえ当家の若君を襲おうとなさるか……」

桜之助の言葉が終わらぬうちに、男は「とおおお」という掛け声とともに突進を始めた。

なんなく体をかわした桜之助は、さらに男に問いかける。

「そもそもそこもとは、人を斬れる腕前でもなかろう。なにゆえに……」

桜之助に向きなおった男はふたたび「とおおお」という声を発する。

顔の横に立てていた刀身を桜之助にむけて振りおろした。

桜之助は男の一撃を小刀で振りはらった。

(やむを得ぬ……ゆるせ……)

男は「むぐッ」と声を発し崩れ落ちる。

桜之助は男に駆けより、覆面を剝ぐ。

「なんと……」

絶句する桜之助に、倒れた男が応じた。

「高瀬殿……そなたのほうから斬りこんでこぬゆえ、朝まで睨《にら》み合《お》うたままならどうしようかと思ったぞ……ははは……」

苦痛の色が濃い笑い声だ。

「獅子右衛門殿……な……なにゆえ……」

桜之助は絶句する。

桜之助に抱きかかえられている村松獅子右衛門の顔には、うっすらとした笑いが星あかりに浮かんでいた。

十七

「すべては拙者の家名……村松家を絶やさぬため、じゃよ」

獅子右衛門は肩で呼吸をしている。

桜之助の剣は獅子右衛門の胴を一文字になぎ払った。

腹を押さえている獅子右衛門の手の指の間からあふれる血が星あかりに鈍く光っている。

「口を……口を開いてはいけませぬぞ、獅子殿……」

桜之助が励ます声をよそに獅子右衛門は続けた。

「妻を失い、郷里の田中を離れ下総相馬にて代官をおおせつかっていた拙者に国家老、生駒監物が申したのじゃよ……『そなたには甥がおるであろう……村松の家はその甥に継がせたらどうじゃ』と……」

獅子右衛門はかっと目を見開いた。

「あのような奸物の誘いにおめおめと応じたは……拙者一生の不覚……生駒監物はまたぞろ殿の側室に自身の遠縁のものを送りこもうと画策しておる。側室との間の子に本多家の家督を継がせ、実権を握ろうという魂胆じゃ。そのためにはどうでも若君が邪魔じゃ」

生駒監物は白河殿の権威により数を離縁させたが、伯耆守さまが数が産んだ若君を本多家に迎えいれ家督を継がせるとは慮外だったのだろう。

生駒監物は獅子右衛門に家督相続の話を持ちかけ、かわりにお世継ぎの件がうまくゆくよう命じたのだという。

「むろん、お命までもとは拙者も思いはせなんだ……ただ若君が家督御相続に耐えられぬような身体になればよいはずと思ったれど……」

「それゆえ庭での木登りやら、岩から飛びおりるなど乱暴なまねをさせたのでござるか」

「若君が木からお落ちあそばした折は、竹治郎が身を挺してお救い申し……また屋敷の外、神田明神の境内でのならずものたちは生駒監物の策略であったが、これも高瀬殿がなんなく退けられた……そなたたちは父子《おやこ》そろって若君をお守り申したのじゃよ……はっは……」

笑いかけた獅子右衛門を、急なさしこみがおそったようだ。

獅子右衛門は苦痛をこらえるかのようにぐっと息をのむ。

続いて詰めていた息をぷはッ、と吐きだす。

「ついには生駒監物は、拙者が手をくだし若君を亡き者にせよ、と命じるに至ったのじゃ……ああ……おのれの愚かさにほとほとあきれ申す……三方ヶ原以来二百年の家名がなんだというのじゃ……ただもはや後戻りができぬ話になっておった……」

生駒監物にそむけば、これまで若君を危うい目に遭わせてきた科《とが》を公にすると脅される。

「拙者ひとりの科なればあまんじて受けようが……若君御守役の相役の高瀬殿まで巻きこむは必定。それだけは避けねばならぬ」

「ゆえにイヅナの祠の話を若君に吹きこみ……」

「桜之助殿はきっと若君をお守り申すためにあとをつけてこられる。そこで拙者が曲者になり、若君に襲いかかれば桜之助殿は曲者を斬る……」

「それは……それはあんまり身勝手でございますぞ、獅子右衛門殿……」

桜之助は涙が流れるままに獅子右衛門に告げた。

「みどもが獅子右衛門殿を斬る羽目になるとは……」

「申し訳ござらぬ、高瀬殿……友として……友として大いに甘えてしもうた……許してくれ……」

獅子右衛門の顔は次第に穏やかになっていった。

星あかりが増したかのように獅子右衛門の顔は輝いてみえる。

獅子右衛門は柔らかな笑みを浮かべて桜之助に告げた。

「若君がご成長あそばし、田中の国主となる姿を見られず残念……若君は聡明なお方じゃ。きっと……きっとりっぱな大名におなりあそばすに違いない。また竹治郎とは実の兄弟《あにおとうと》のごとく仲がよくおわす……竹治郎も頼もしい若者に育つじゃろう……若君や竹治郎の成長ぶりを見とどけられるのじゃ、高瀬殿がうらやましい……」

獅子右衛門の見開いた目から光が消えた。

獅子右衛門の声は突然にか細くなる。

「琴……琴絵《ことえ》か……迎えにきてくれたか……」

琴絵とは、獅子右衛門の亡妻の名だろうか。

獅子右衛門の声はそれきりだった。

下り坂の向こうから、近づいてくる音がする。

桜之助はこと切れた獅子右衛門を残し、祠のかたわらに立つ木の陰に身を隠した。

十八

「此奴《こやつ》は……村松獅子右衛門ではないか」

しゃがみこんで獅子右衛門の死骸をのぞき込んでいた男は立ちあがった。

しわがれた声だ。

供のものをひとり連れている。

白地の羽織に贅沢にほどこされた金糸の縫い取りが星あかりに光る。

同時に男の鬢に混じった白髪も光っている。

男はしわがれ声で憎々しげに言い放った。

「村松めが、やり損《そこ》のうたか……」

男は獅子右衛門の死骸を一瞥すると、吐き捨てるように続けた。

「まあよい……また別な手だてを考えるまでじゃ」

供のものは男に訊ねる。

「死骸はいかがいたしましょう」

「ふん」

男は鼻の先でせせら笑う。

「放っておけばよいわ……庭の奥ゆえ誰も気づく者などおらぬ……いずれ烏や野犬どもが片づけてくれるじゃろうて……」

供のものが返答すると同時に、桜之助は隠れていた木の陰から足を踏みだした。

「生駒監物……」

監物は突如現れた桜之助にぎょっとした顔をみせる。

闇をすかして桜之助だとわかると、「おお、高瀬ではないか……かような場所でいかがいたしたのじゃ」と問いかける。

愛想笑いでもしているかのようななにくわぬ声だ。

桜之助は三津田兵衛の形見の小刀を抜いた。

先刻、獅子右衛門を斬った刀だ。

刀を抜いた桜之助に、監物の声の調子が変わった。

「斬れッ」

監物のしわがれ声に、供のものが桜之助に斬りかかった。

「ふぬッ」

桜之助は体をかわしざまにひと息に敵を斬り倒した。

ぶるんと刀身をひと振るいすると、監物を真正面から見すえる。

監物は片手を前に突きだし、一歩二歩と後ずさった。

「御意」

「高瀬……いや、これには深い子細があってのことを……話をするゆえ、よっく聞くのじゃ……」

桜之助はじりッじりッと監物を追い詰めていく。

刀の柄《つか》を両の手でもち、ゆっくりと振りあげる。

監物は次第に泣き声になっていく。

「これさ、高瀬……わしは国家老ぞ……無礼であろう……のう、悪いようにはせぬ、悪いようにはせぬで、わしの話を聞いて給《たも》れ……」

桜之助の心の声が応じる。

桜之助は心の声を口に出し、監物にむけて吐き出した。

「聞きとうもないわッ」

桜之助は二歩三歩と踏み出し体を寄せると、小刀に渾身の力をこめ監物の肩先めがけて切っ先を振りおろした。

袈裟懸けに監物を斬る。

柄を握る両の手に、骨を断ちきるがつんとした感触が伝わる。

監物の身体は一瞬にして魂が抜けでたかのようにその場にへなっと崩れ落ちた。

桜之助は刀身を紙で拭き、ふたたび鞘に収めた。

イヅナの祠の戸を開ける。

祠の奥には若君が頭を両手でかかえた姿でうずくまっている。

竹治郎は若君をかばうかのように両手を広げ、祠の戸口をにらみつけている。

戸口に立つ姿が父だとわかり、竹治郎は突っぱっていた両手をおろした。

竹治郎の身体は細かく震えている。

(怖れを知ったか……竹治郎……)

桜之助は竹治郎に訊ねた。

「竹治郎……外のありさまを見ておったか」

竹治郎はかぶりを振る。

「そうか。見ておらぬな……見ておらねばそれでよい」

竹治郎は大きく目を見開いたままうなずいた。

若君も体を起こした。

「桜じいか……」

「はっ」

若君が桜之助に訊ねる。

「なにやら怖ろしいものが余にむかってきておったぞ……」

桜之助は若君に告げた。

「もうご案じなさいますな……怖ろしきものは、獅子じいが見《み》ン事《ごと》退治いたしましたゆえ……」

十九

鉄仙和尚は桜之助のために茶を点《た》ててくれた。

桜之助は大きな茶碗をかたむけ、和尚の点ててくれた濃い緑の汁を口中に流しこんだ。

苦味のなかにも甘さが混じったやさしい味だ。

汗がすっとひくと同時に、心が鎮まる。

和尚はまん丸の顔にいつもと同じ笑みを浮かべながら、茶を喫する桜之助を眺めている。

「大変でございましたな」

桜之助は茶碗を和尚にかえす。

無言のままだ。

「大変だった」と言っても「辛かった」と言っても、なにかがこぼれ落ちてしまう気がする。

言葉にはつくせぬ思いが桜之助の心に満ちている。

和尚には桜之助の心中《しんちゅう》がよく伝わっているに違いなかった。

桜之助は一部始終を江戸家老の藪谷帯刀さまに言上《ごんじょう》した。

国家老の生駒監物が家督相続の代償として獅子右衛門に若君を害し奉るようそそのかしたこと。

獅子右衛門は監物の命には従いきれず、桜之助に我が身を斬らせたこと。

そして桜之助が生駒監物を斬ったこと。

一部始終を聞いた帯刀さまは桜之助に告げた。

「そなたが若君に申しあげたとおりでよい……村松獅子右衛門は若君をお守り申そうと奸物、生駒監物と戦い、監物を倒した……が、獅子右衛門自身も差し違え最期を遂げた……と」

「はっ」

「あっぱれ獅子右衛門……若君をお救い申した忠臣じゃ……家督についてはこの帯刀が一切を取りはからうといたそう」

帯刀さまが伯耆守さまに言上する。

村松獅子右衛門が奸物の国家老、生駒監物と差し違え本多家を救ったという形になった。

桜之助は和尚に告げた。

「村松家は年内にも獅子右衛門殿の甥御を迎える手はずになったと聞きまする」

「村松さまも、高瀬さまや藪谷さまのお取りはからいにさぞお喜びでございましょうな……」

和尚は囲炉裏にかけた釜に柄杓で水を足した。

桜之助はつぶやく。

「されど若君が……獅子じいはどうした、獅子じいはおらぬのかと始終おおせで……若君が獅子右衛門殿になついておられた様子を身近でみておったゆえ、どうにも……たまりませぬ……」

和尚は黙ったまま、おだやかな笑顔を桜之助にむけ続けている。

囲炉裏の釜からしゅんしゅんと湯のたぎる音がする。

桜之助も頭《こうべ》をさげて湯の音に耳を澄ませる。

獅子右衛門の一件での悲しみと苦しみはなかなか癒えぬ。

が、いつまでも弱々しい心のままでいるわけにはいかぬ。

御影との対決はまだまだ続く。

ことに、『大乃』に攻めこみはしたものの、まるで力を誇るかのように振舞って引き揚げた御影の意図はわからぬままだ。

浦会にも椿事が起こっていた。

桜之助は頭をあげると、和尚に告げた。

「浦会の『土の銀鍔』の座……かつては田沼山城守さま……三津田兵衛殿が公儀方として加わっておられたところでございまするが……」

和尚は「ほう」と桜之助に水をむける。

「たしか浦会なるものを認めぬ白河殿側からは、だれも加わらずに空いておったと聞きましたが……」

「そこにあらたに加わるものが出たとの話で……むろん、白河殿が送りこむのでございまするが……なんでも白河殿の腹心のなかでも取り分けのものらしゅうございます」

和尚は少し顔を引きしめ、桜之助に告げた。

「白河殿もついに敵の浦会のなかに飛びこんでくるのでございますな……浦会と御影……修羅道はまだまだ続きますな……」